涉过忘川
庞德诗选

Passed over LETHE
Selected Poems of Ezra Pound

[美]艾兹拉·庞德　著

西蒙　水琴　译

北京联合出版公司
Beijing United Publishing Co.,Ltd.

目 录

辑二　回击（1912）

辑四 桃花石

附　录

1　庞德诗题中出现多种外语，本书统一以仿宋字体标明，表示
原文并非英语。

导读

　　艾兹拉·庞德（Ezra Pound）是现代主义文学的核心人物，一代宗师，极具影响力又颇富传奇与争议。叶芝说庞德是"孤独的火山"（solitary volcano），艾略特称其为"更好的诗匠"（*il miglior fabbro*）。海明威曾说写诗不受庞德影响就像写散文不受乔伊斯（James Joyce）影响，犹如人穿过沙尘暴而没感觉到风沙。[1] 庞德是诗人，先知，天才，批评家，翻译家，文学革命家，艺术企划家，神秘主义者，法西斯主义者？

　　现代主义是现代文学的喜马拉雅，庞德则是这一以其巨擘擘画并和其他圣手手缔的观止之观的珠穆朗玛。如是说绝非夸大其词：他是高现代主义（high Modernism）高教士（high priest）中的至高者。"Make it New!"庞德这一振发之语出自《礼记·大学》"日新"之义，成了现代主义的口号和宣言。这一艺术上的诗创命令（poetic imperative）当然是英语，却以汉语为滥觞，与希腊语有渊源，符合庞德海纳百川的世界性诗学（cosmopolitan poetics）。诗（poetry）源自希腊语创造（ποιεῖν），故而诗人常被称作创造者（maker）。庞

1　参见 Stanley Sultan, *Eliot, Joyce, and Company* (Oxford: Oxford University Press, 1990), p. 120.（本书正文脚注除注明者外均为译注。）

德像是现代主义大师中的大师，既开风气又为师。现代文学中如今被视为大师级的人物如叶芝、艾略特、乔伊斯、海明威和威廉斯[1]皆聆其教诲，受其影响，流风余韵，传扬至今。

什么是现代主义？现代主义是历史时期、艺术观念、先锋运动、实验范式，抑或写作风格？十九世纪中叶夏多布里昂（François René de Chateaubriand）已将现代性（modernité）一词用于文学，然而现代主义（modernism）却通常用来描述 1910 年代至 1970 年代长达一个甲子的从先锋变为主流的文学和艺术。人的性格在 1910 年 12 月左右变了，伍尔夫（Virginia Woolf）曾昭著地如此断言。[2]凯纳（Hugh Kenner）称高现代主义以来的时期为"庞德时代"（Pound Era），视史蒂文斯为李尔（Edward Lear）诗学的极致。[3]与此相反，布鲁姆（Harold Bloom）认为应称之为"史蒂文斯时代"（Age of Stevens）。[4]这两种对立的观点推崇的诗人不同，各自都在诗人和批评家中有不少赞同者。两个阵营之争不

---

1 威廉·卡洛斯·威廉斯（William Carlos Williams，1883—1963），二十世纪美国最负盛名的诗人之一，与象征派和意象派联系紧密，既受到庞德等人的影响，又继承了浪漫派传统，推陈出新，力求贴近生活语言。

2 "In or about December, 1910, human character changed." Virginia Woolf, "Mr. Bennett and Mrs. Brown," in *A Twentieth-Century Literature Reader: Text and Debates*, ed. Suman Gupta and David Johnson (Abingdon, UK: Routledge, 2005), p. 114.

3 参见 Hugh Kenner, *The Pound Era* (Berkeley: University of California Press, 1971).

4 参见 Harold Bloom, *Wallace Stevens: The Poems of Our Climate* (Ithaca, NY: Cornell University Press, 1977), p. 152.

仅涉及美学、文化和政治价值的偏向，更关乎对现代主义本身的定义及对其成就与历史的界定。

*

庞德1885年生于美国西北爱达荷州黑利市（Hailey, Idaho），属高海拔鄙远之地，但水色旖旎，山景峻逸，其原始风貌被他说成"距任何地方或文明都有五百万英里，或五千英里"[1]。其实他一岁半便已离开，想象多于印象。他成长于宾州费城附近，先读女教私塾（dame school），后来上军事中学和公立高中。庞德与诗结缘甚早，十五志于诗。[2]1901年，他入读宾夕法尼亚大学（University of Pennsylvania），学习拉丁语和欧洲文学；后转到纽约州汉密尔顿学院（Hamilton College），进修罗曼斯语（Romance languages）。1905年毕业后他回宾大读研究生，博士课程期间赴欧研修，回美后最终与学业负责人不欢而散。之后他在印第安纳州沃巴什学院（Wabash College）短暂执教，又因其波希米亚生活方式和教育观念而见逐。

1908年，庞德再次启航赴欧——欧洲，心仪的欧洲，中学时已有过他的足迹。他春天先到直布罗陀，辗转

1　参见 Ezra Pound, "Indiscretions or, *Une Revue de Deux Mondes*," *Pavannes and Divagations* (New York: New Directions, 1974), pp. 28–29.

2　参见 Betsy Erkkila, "Introduction," in *Ezra Pound: The Contemporary Reviews*, ed. *idem* (Cambridge: Cambridge University Press, 2011), p. ix.

到威尼斯，秋天已在伦敦。可以想象庞德此番出发渡海时红发飘飘，须髯粲然，以吟游诗人自居，意气风发如维庸（François Villon）再世，龙沙（Pierre de Ronsard）重临。伦敦，他来对了。此时日不落帝国处于巅峰，帝都伦敦盛极一时，空气中弥漫着文艺气息，有后印象派画展，俄罗斯芭蕾舞演出，还有未来主义的喧嚣等，雅趣骚风，好不热闹。吟而游，游而吟，庞德畅游欧洲陈迹而吟咏英诗新声。至于诗坛，休利特（Maurice Hewlett）、吉卜林（Rudyard Kipling）、丁尼生（Alfred Tennyson）开启的维多利亚诗风依然流行：那是一种雍容而煽情，兼具道德性和宣传性的诗。庞德坚信诗绝非道德文章，需要关注个体经验，故而必然具体而不抽象。

庞德首部诗集起初打算以古普罗旺斯语（Old Provençal）取名"梣树"（La Fraisne），自印出版时已更名为意大利语《烛光熄》（*A Lume Spento*，1908），题签纪念刚因肺结核辞世的艺术家史密斯（William Brooke Smith）。这位旧友在费城时向他推荐过英国颓废唯美主义（Decadent aestheticism）作家王尔德（Oscar Wilde）和画家比亚兹莱[1]。庞德以"烛光熄"赞落拓故人，典出但丁《神曲·炼狱》：一位国王受到以熄烛为象征的绝罚却依然不屈，对永恒的爱（l'etterno amore）抱怀希望。[2]庞德在这本具有前拉斐尔派（Pre-Raphaelite）——

1　奥伯利·比亚兹莱（Aubrey Vincent Beardsley，1872—1898），英国画家和作家。

2　参见 Dante Alighieri, *La divina commedia: Purgatorio*, III, pp. 130–135.

此时的庞德依然以罗塞蒂（Dante Gabriel Rossetti）为诗歌教父——色彩的诗集中采用勃朗宁[1]戏剧独白形式，戴上历史或传说人物的面具（persona），以其口吻诉说。同年底，庞德再次自费出版第二本诗集《今冬庆十五集》（*A Quinzaine for this Yule*，1908）。次年，庞德两本诗集——《面具》（*Personae*，1909）和《欢腾》（*Exultations*，1909）——面世。此后他又发表文学批评集《罗曼斯的精神》（*The Spirit of Romance*，1910）和诗集《歌谣》（*Canzoni*，1911）。

庞德混迹伦敦文艺圈，漂来漂去结交不少名流和后进。有人追忆庞德当时的形象，说他迈着舞者的步伐，拿着拐杖对想象的对手指指点点，常穿绿色台球布裤子、粉外套、蓝衬衣，打日本朋友手绘的领带，头顶大檐墨西哥草帽，蓄着火焰般修有尖端的胡子，戴着单个硕大的蓝耳环。[2]这是文艺青年庞德，内心外溢，表里如一，极尽风骚之能事。庞德虽非长袖善舞之流，却自有其骚人独特的魅力，矜持不掩浪漫，透着美国西部式的不羁，说着欧洲古董味的语言，反正是伦敦似乎未曾领略过的稀罕人物。庞德在伦敦遇到他未来的妻子多萝西·莎士比亚（Dorothy Shakespear），有人描述说她总是有维多利亚时代年轻女郎外出溜冰的轻盈风仪，轮廓

1　罗伯特·勃朗宁（Robert Browning，1812—1889），英国诗人、剧作家，主要作品有《戏剧抒情诗》《环与书》和诗剧《巴拉塞尔士》。

2　参见 Ford Madox Ford, *Return to Yesterday* (New York: Horace Liveright, 1932), pp. 356–57.

清朗可爱如一尊瓷观音。[1] 多萝西母亲奥利维亚（Olivia Shakespear）曾是叶芝的情人和缪斯，几经波折与分合后，恋情玉碎成了友情。作家，大美女，有夫之妇，奥利维亚引叶芝初识云雨情，而毛特·冈（Maud Gonne）则使他陷入终身精神恋。庞德通过她们母女结识了这位著名诗人，夤缘而更广交游。

　　1911 年暮春，希尔达·杜利特尔[2]——庞德在宾大时的情人——从费城来到伦敦。庞德把她介绍给他的朋友，包括后来成为她夫君的奥尔丁顿[3]。他们三人在肯辛顿（Kensington）比邻而居，每天到大英博物馆阅览室内读书。大英博物馆此时的中日画展尚未闭幕，庞德因而接触到东亚文学和艺术，包括国画和浮世绘。其实，当年中国风（Chinoiserie）工艺品在欧美颇为流行，庞德父母家客厅里便放有中国明代花瓶。[4] 庞德通过大英博物馆掌管人（curator）比尼恩（Laurence Binyon）接触到东方艺术，尤其是中国绘画。比尼恩将远东古代艺术与十九世纪英语诗联系起来，庞德觉得荒谬不伦，毫

1　参见 Iris Barry, quoted in Robert Sitton, *Lady in the Dark: Iris Barry and the Art of Film* (New York: Columbia University Press, 2014), p. 39.

2　希尔达·杜利特尔（Hilda Doolittle, 后称诗人 H.D., 1886—1961），意象派诗人。1911 年她跟随庞德到伦敦，参与了意象主义运动。在交往过程中，庞德为她写了几十首诗，名为《希尔达之书》。本来打算求婚的庞德，由于 H.D. 父亲的反对而放弃。

3　理查德·奥尔丁顿（Richard Aldington, 1892—1962），英国诗人、小说家，1913 年 H.D. 与之结婚，后于 1937 年离婚。

4　参见 James J. Wilhelm, *The American Roots of Ezra Pound* (New York: Garland, 1985), p. 67–68.

无眼光。[1] 早期庞德受过中国艺术影响，即便尚未读过多少中国文学。

1912 年，庞德获赠东方学家费诺罗萨（Ernest Fenollosa）手稿，如获至宝，因为这些笔记恰好构成中国诗的光明的细节。庞德虽不识汉语，却在此前读翟理思（Herbert A. Giles）汉诗英译而写了一些诗，费诺罗萨遗孀因而认为他是缵承其先夫遗绪的合适人选而将遗稿赠与他。[2] 同年早秋，门罗（Harriet Monroe）聘庞德为她创办的芝加哥《诗刊》（*Poetry: A Magazine of Verse*）担任海外通讯员。同年晚秋，诗集《回击》（*Ripostes*，1912）出版，首次提到意象主义者（Imagistes）。杜利特尔回忆说，当年早春有一天他们三人在大英博物馆茶室，庞德为她改了一首诗，在下面草书"意象主义者 H.D."（H.D. Imagiste）。[3] 庞德后来将意象主义（Imagisme）运动的诞生追溯至此。[4] 无论如何，此后庞德编辑的《意象主义者集》（*Des Imagistes, An Anthology*，1914）出版，标志现代主义诗正式登场。

1914 年，一战爆发，次年庞德发表《桃花石》

---

1 参见 Zhaoming Qian, *The Modernist Response to Chinese Art: Pound, Moore, Stevens* (Charlottesville: University of Virginia Press, 2003), pp. 141–142.

2 参见 J. J. Wilhelm, *Ezra Pound in London and Paris 1908–1925* (University Park: Pennsylvania State University Press, 1990), pp. 125, 129.

3 参见 Hilda Doolittle, *End to Torment* (New York: New Directions, 1979), p. 18.

4 参见 A. David Moody, *Ezra Pound: Poet. A Portrait of the Man and His Work, vol. 1: The Young Genius 1885–1920* (Oxford: Oxford University Press, 2007), pp. 180, 222.

（*Cathay*，1915）。这是基于费诺罗萨笔记的汉诗英译集，薄薄一册却立刻成为经典，标志东方诗的现代化，引发现代诗的东方化。《桃花石》的贡献有二，首在诗学，次在诗体。英语中自由诗的使用发轫于惠特曼（Walt Whitman）的《草叶集》（*Leaves of Grass*, 1855），到二十世纪庞德、艾略特、威廉斯和史蒂文斯等手中成为理所当然的诗体，而在现代诗发展过程中，《桃花石》以自由诗体英译汉诗，打破五音步抑扬格（iambic pentameter），对其推广和拓展功不可没。庞德译文以行（line）而非节（stanza）为单位，显然借鉴自汉语而在英语中功德无量，堪比但丁及乔叟（Geoffrey Chaucer）以俗语写诗。庞德将诗分为乐诗（melopœia）、象诗（phanopœia）和辞诗（logopœia）三种，说李白和王维达到象诗之极致。[1] 虽没那么截然，但大致说来，乐诗是耳朵之诗，象诗是眼睛之诗，辞诗是心灵之诗。《桃花石》以非英语化英语（un-Englished English）英译，成为英语中前所未有的象诗精粹，创一时气象，开一代先河，惠泽无数诗人和作家。

1917 年，庞德诗集《向塞克塔斯·普罗佩提乌斯致敬》（*Homage to Sextus Propertius*）出版。普罗佩提乌斯和奥维德（Ovid）、维吉尔（Virgil）是同代人，庞德赞赏其挽歌描写爱的欢乐，而不是像其他罗马诗人那样颂扬帝国的荣耀。同年，庞德致乔伊斯信中谈及已开

1　参见 "How to Read," *Literary Essays of Ezra Pound*, ed. T. S. Eliot (New York: New Directions, 1935), pp. 26–27.

始写不可归入任何已知范畴的一首无尽的诗，关于一切，或许可以说是象诗。[1] 庞德说的正是《诗章》（*The Cantos*），而《诗章》确实可以视为象诗。庞德后来译过《诗经》，影响力却远不及《桃花石》。[2]《桃花石》是意象主义的一个顶峰，而意象主义兴起于象征主义统御时期，系对后者的反动。象征主义以主体为中心，偏向进程性；意象主义以客体为归结，侧重瞬间性。象征主义向内关注主体意识，向外汲取客体印象，统合两者而作心境与感受的微妙表达。象征主义追求语言的多重暗示，言有终而意不止，丰富而缥缈，不可穷尽如音乐。意象主义寻求意象的清晰勾勒，象既呈而意已现，明确而洗练，大可直观如绘画。象征主义以象达意，其象间接，故而是手段；意象主义以象为意，其象直接，因而是目的。

1910 年代落幕之际，《休·塞尔温·莫伯利》（*Hugh Selwyn Mauberley*，1920）出版，不仅标志庞德伦敦生涯的结束，而且构成其文学生涯的转折与再出发。这本诗集具有一定自传性，可视为庞德的成长诗（Bildungsdichtung），夹叙夹议之间关注一系列艺术家，有感于其身处现代文明中，乖蹇困厄，穷而不达，受害

1　"I have begun an endless poem, of no known category. Phanopoeia or something or other, all about everything." Letter to Joyce dated March 17, 1917, in *Pound/Joyce: The Letters of Ezra Pound to James Joyce, with Pound's Essays on Joyce*, ed. Forrest Read (New York: New Directions, 1967), p. 102.

2　*The Confucian Odes: The Classic Anthology Defined by Confucius*, tr. Ezra Pound (Cambridge, MA: Harvard University Press, 1954).

于外部侵蚀，受限于内心脆弱，成为哲匠戛戛乎难哉。援引庞德语，那么这些莫伯利不存在，他们的处境赋予他们存在。有其人，无其世，则有其世，无其人：这是艺术家——不只是艺术家——命运的悖论与伴语。当然，命在天，运在己，不能一切归咎于穷达以时而生不逢时：艺术大家是能以运抗命之人，不拘于一时，不囿于一世。《莫伯利》中的理想是为艺术而艺术，将美与政治截然分开，其创作本身回应艾略特倡导的古典主义（classicism），有意识地反对假自由诗名义而放任与泛滥的平庸和邋遢，不齿与洛威尔（Amy Lowell）——庞德认为她把意象主义糊弄成朦胧的浪漫印象主义，讥之为艾米主义（Amygism）——及其流亚为伍。

*

进入 1920 年代，庞德徙居巴黎，多与左岸法国艺术家、达达主义者（Dadaist）和超现实主义者及失落的一代（Lost Generation）美国作家交往。1924 年，庞德定居意大利拉帕洛（Rapallo），继续创作史诗《诗章》。这是现代文学中野心最大的诗作，篇幅最长及眼界最广的杰作，历时逾半世纪而未完结，可以说与历史相连续而不可能完成。此前的《莫伯利》是戏剧抒情诗（dramatic lyric），以此体裁处理小说题材，企图以浓缩的形式恢复抒情传统在十九世纪让渡与小说的领域，如社会和文化生活，故而可谓《诗章》的端倪与先声。庞德以史诗为包括历史之诗，而《诗章》正是包括历史的一部史诗。[1] 庞德《诗章》显然与荷马《奥德赛》、奥维德《变形记》和但丁《神曲》有密切关系，呈现人类历史中最美好的诗、艺术、文化和思想，以及不同的政治和经济理想，憧憬并引向天人及万事万物和谐的尘世天堂（paradiso terrestre）。它像悲剧一样呈现高尚人物，但唤起的并非悲悯与恐惧，而是歆羡与向往。

一般读者看《诗章》，印象首先是里面有大字体汉字，以及寻常字体的各种欧洲语言词句。再看可能会觉得跳跃匆遽，典故丛脞，大尺度时空转换及文化穿越中又多有突兀的拼贴和奇异的插入，以至懵懵然不知所措，茫茫然不知所云。读《诗章》的困难不只在于语言上的不识之无，而且在于结构上的不知所以。有论者说《诗章》描述人的灵魂的进程，从地狱到天堂。[2] 又有论者说庞德作为诗人是雕塑家，而其《诗章》的进程是雕塑形式的进程。[3] 其实，明了象意方法（ideogrammic method）及时间的空间化（spatialization of time），那么《诗章》似乎玄远庞杂而不可求的旨意便不那么难以寻绎了。

且看庞德最著名短诗《地铁站里》：

1 "An epic is a poem including history." Quoted in Christine Brooke-Rose, *A ZBC of Ezra Pound* (London: Faber & Faber, 1971), p. 185.

2 参见 Colin MacDowell, "'As Towards a Bridge Over Worlds': The Way of the Soul in *The Cantos*," *Paideuma* 13 (1984), pp. 171–200.

3 参见 Donald Davie, *Ezra Pound: Poet as Sculptor* (Oxford: Oxford University Press, 1964).

人群中这些面孔的倏现；

湿、黑枝干上片片花瓣。

　　此诗句法唯有并列（parataxis），不见从属（hypotaxis），使得读者可以在瞬间空间性地理解诗。两行诗突显名词，辅以介词和形容词，唯独不见动词。两个平行短语之间既有比，又有兴，隐约"比类合宜"，然而意象主义对西方现代诗的贡献在兴而不在比，故而意象主义可谓涉喻艺术（metonymic art）。庞德的象意方法以象兴意，出于汉字六书之一的会意。庞德夸大汉字象形，以"東"为例，指出"木""日"象意日出，进而象意日出之方。他又推测如果要表达一个一般观念，如红色，那么中国人可以用祖先的方法将玫瑰、樱桃、铁锈和火烈鸟的象形放到一起，不假于色而以诗的方法象意红的概念。[1]这与其说是中国人的象意思维，不如说是他自己受汉字启发的圣书涉喻（hieroglyphic metonymy）。意象诗运用象意方法，意自象出，其要在兴。大而言之，象意方法可以将经验和历史的复杂性凝聚于一个框架之内，令人几乎一目了然地感悟与体验。

　　意象主义颠覆莱辛（G. E. Lessing）以来诗是时间艺术，画是空间艺术的区分。意象主义使得现代诗东方化，标志现代主义向空间形式的转向。空间形式（spatial form）——语句、诗行等的猝然并列——对某些作家来

1　参见 Ezra Pound, *ABC of Reading* (1934; London: Faber and Faber, 1961), pp. 21–22.

说是现代经验碎片化的表征，以至其结构原则是兴而非比，涉喻（metonymy）而非传喻（metaphor）。空间形式使得作品作为整体才有交错意义，故而有乔伊斯不可读，只可重读之说。[1] 空间形式不限于文学，但凡无线性时间及因果关系，从绘画中的拼贴（collage）到电影中的蒙太奇（montage）等皆为空间形式。象意方法与空间形式实为一体两面，盛行于现代诗，名作如庞德《诗章》、艾略特《荒原》（The Waste Land）和威廉斯《帕特森》（Paterson），其后则几乎成为常态，如阿什贝利（John Ashbery）诗中似乎只见点的闪现，不见线的发展。广而言之，现代主义文学的空间形式——叙事时间和意义结构的空间化，表现为诸如形式的对称与对立——同样如此。

庞德的地铁诗堪与《诗·周南·关雎》开篇相比："关关雎鸠，在河之洲；窈窕淑女，君子好逑。"两者都是兴的典范，而又兴中有比。有一种论调认为庞德强调进程，却又像佩特（Walter Pater）那样崇尚瞬间，故而其诗以"静止"（stasis）为特征。[2] 以经验的结构而言，这是静中有动，静止当中含蓄动力（dynamis），要求读者参与完成。温特斯（Yvor Winters）指责《诗章》放

1　"Joyce cannot be read—he can only be reread." Joseph Frank, *The Idea of Spatial Form* (New Brunswick: Rutgers University Press, 1991), p. 21.

2　参见 George Bornstein, *The Postromantic Consciousness of Ezra Pound* (Victoria, B.C.: University of Victoria, 1977), p. 18.

弃逻辑，庞德反驳说他没听说过象意方法。[1] 象意方法不仅成为现代诗艺（*ars poetica*），而且成了文学谜母（literary meme）。有论者称《诗章》为美国超越主义史诗（American-Transcendentalist epic），认为象意方法系由爱默生（R. W. Emerson）美学和随笔方法转化而来。[2] 爱默生偏好片断又追求统一，让不同观点围绕同一对象，而费诺罗萨是晚期超越主义者。以此而言，庞德似乎有所取于爱默生，但庞德象意方法取法于会意汉字，不可简单归于费诺罗萨以超越主义观点所作演译。另有论者提出象意方法始于庞德对面具的运用，在费诺罗萨之前他已在普罗旺斯发现了。[3] 这样的观点同样言过其实，不足挂齿。

庞德象意方法之于诗犹如乔伊斯神话方法（mythical method）之于小说。乔伊斯小说中虚构与神话平行的神话方法虽可视为互文性（intertextuality），同样可归为比兴。《尤利西斯》的神话方法与《诗章》的象意方法极为相似，以特定细节的呈现唤起历史思考而体会隐含意义，正如《诗章》不作因果解释，通过时序的陌生化对历史风貌不言而喻地令读者自己作出演译。乔伊斯和庞德的文学思想不尽相同，但两者都运用"丕显"

1　参见 Jean-Michel Rabaté, *Language, Sexuality and Ideology in Ezra Pound's Cantos* (London: Macmillan, 1986), p. 76.

2　参见 Martin Scott, "The Transcendental Ideogram: The Influence of Emerson on Ezra Pound's Ideogrammic Method," *Paideuma: Modern and Contemporary Poetry and Poetics* 23 (1994), pp. 225–234.

3　参见 Stuart Y. McDougal, *Ezra Pound and the Troubadour Tradition* (Princeton: Princeton University Press, 1972), pp. 146–147.

（epiphany），以示显让人顿悟；庞德提出象意方法前称之为"光明的细节"（luminous detail），认为这种细节可以光照过去，赋予其生命，犹如埃及神话中伊西斯（Isis）收拾奥西里斯（Osiris）肢体而让他复活。[1]

庞德的象意方法与乔伊斯的神话方法之间存在契合，那么与艾略特的客体关联（objective correlative）又如何呢？客体关联以某一场景、某些物体或一系列事件唤起特定情感——马拉美会说灵魂状态（état d'âme）——其情与景合之举固可归为象征，其实无异比兴。艾略特写过以下名噪一时的名句：

> 那么让我们走，你和我，
> 当傍晚在天空铺展开
> 像麻醉在台上的病人[2]

这是独白，却异于勃朗宁和庞德运用面具的独白：他们的独白自有其对象，主与客或己与彼分明；艾略特在此的独白却是自己对自己的独白，仿佛一个自我在跟另一自我（alter ego）诉说。一个人一分为二，成了"你和我"，而在天空铺展开的正是独白者的意识，弥漫暝色中眼之所及。万法唯心，独白者的心灵弥纶一切，就是一切。貌似一己分为彼此，实则主客相合，物化于

1　参见 Ezra Pound, "I Gather the Limbs of Osiris. A Rather Dull Introduction," *New Age* 10 (1911), p. 130.

2　T. S. Eliot, "The Love Song of J. Alfred Prufrock," *Poetry: A Magazine of Verse* (1915), p. 130.

我。唯其如此，傍晚的天空才像麻醉了的病人，蕴含在独白者的心灵中，成了其表征或客体关联。艾略特批评玄学诗（Metaphysical poetry）之后的英语诗陷入"感受力的分离"（dissociation of sensibility），不能像感受玫瑰花香那样感受思想。[1] 客体关联克服感性分离，乃主体心灵的客体关联，其实是一切的主观化，近乎象征主义。客体关联与象意方法虽有所异，复有所同：两者都避免抽象，强调直接性，成就非个性诗学（poetics of impersonality）。

意象观念并非庞德的发明，其理论雏形早于庞德。基于浪漫主义含混，古典主义清晰，前者湿而软，后者干而硬的信念，休姆（T. E. Hulme）认为百年浪漫之后，已到古典复活（classical revival）之时[2]。 以诗而言，这是从直露到含蓄的转变，从抽象到具象的转化，从主观表达到客观呈现的转向。他说：

> 诗人被一片特定风景所感动，他从中选出特定意象，在分开的诗行中并列，以此暗示并唤起他感受到的状态。我们可以在音乐中找到与不同诗行中鲜明意象的堆集和并列对应的花样类比。音乐中的一场伟大革命即单维音乐被在双维

1　参见 T. S. Eliot, "The Metaphysical Poets," *Selected Essays* (London: Faber and Faber, 1932), pp. 281–291.

2　参见 Thomas Ernest Hulme, "Romanticism and Classicism," *Selected Writings*, ed. Patrick McGuiness (Manchester: Carcanet, 1998), p. 68.

中运动的和声所取代。两个视觉意象形
成一种可称为视觉和弦的东西。[1]

　　这种"视觉和弦"（visual chord）以具体性引人入
胜，以客体代言主体，成就情与景合，意与象通的一体
效果。寓动于静，似分而合的意象不加解说，故而毫不
抽象。主体不言而言，不言而胜于言，在诗家而收兵家
不战而胜之功。意象置于不同诗行中而能遥相呼应，神
通如量子纠缠（quantum entanglement）中的"隔空鬼
魅行为"（spooky action at a distance），仿佛意象与意
象之间——以及意象与读者之间——有不可见的灵犀。
意象观念并非庞德首创，他却以一己之力将其发扬为一
种主义，借他人之力再光大为一场革命。
　　庞德说：

　　　　瞬间呈现一个思想和情感综合体的
便是一个"意象"（Image）。……
　　　　正是这样一个"综合体"（complex）
的瞬间呈现给予那种骤然解放的感觉，
那种摆脱时间和空间限制的感觉；那种
骤然生长的感觉，我们在最伟大的艺术
品中体验到。
　　　　一生中呈现一个意象，胜过产出大

1　T. E. Hulme, "A Lecture on Modern Poetry" (1908), *Selected
Writings*, ed. Patrick McGuiness (Manchester: Carcanet, 1998), p. 64.

部头作品。……

　　行事要畏惧抽象。不要用平庸的律
文（verse）去复述好散文中已经做到的。[1]

　　庞德自称在新近心理学家的意义上使用"综合体"
一词，其综而合之的意味近于化学。庞德明言意象主义
的要义在于不将意象用为"装饰"（ornaments），比如
他的地铁诗就是单意象诗，受俳句启发而运用"叠加"
（super-position）形式，三十行的诗几经删改，一年后
成了两行。这种诗的目的在于记录外在客观之物转化为
内在主观之物的那个瞬间，人可以被动地接受印象，也
可以主动地构想印象。庞德视漩涡主义（Vorticism）为
集表现主义、新立体主义和意象主义为一阵营，而未来
主义作为加速了的印象主义为另一阵营。[2] 漩涡主义推
崇动力和强度，所谓漩涡（vortex）不过是以旋转为喻
的意象，拓其外延，增其内涵；事实上，漩涡主义原则
无异于象意方法。

　　印象主义（Impressionism）似乎是浪漫主义的自然
演化，又像是自然主义的逻辑发展，同时是对浪漫主义
情绪化的反叛，对自然主义机械性的反抗。早期印象主
义画作注重整体，让观者从零碎的笔触中重新组合出整
体印象。庞德认为意象主义不是印象主义，虽然它对印

1　Ezra Pound, "A Retrospect," *Literary Essays of Ezra Pound*, ed. T. S. Eliot (New York: New Directions, 1935), pp. 4–5.

2　参见 Ezra Pound, *Gaudier-Brzeska: A Memoir* (London: John Lane, 1916), pp. 102–104.

象主义呈现方法多有借鉴。威廉斯有一首小诗，无标题，无标点："这么多有赖 / 于 / 一辆红轮 / 车 / 着釉以雨 / 水 / 靠近一群白 / 鸡"。[1] 诗中有画，以词作画，构成瞬间性画面，仿佛定格在具有留白的画框中。简单的一句话分成八行，每两行一节，甚至"轮车"（wheelbarrow）和"雨水"（rainwater）作为单词一分为二。此诗同样是意象主义名诗，排列宛如借鉴了塞尚（Paul Cézanne）式构图，甚至立体主义（Cubism）而别有韵律与韵味，体现出威廉斯的信条："没有观念，除了在物中"（No ideas but in things[2]）。意象简单，清晰，不言自明，却又令人从车、雨、鸡的田园风色联想到稼穑繁殖及人与自然的关系。

*

二战期间，庞德为意大利政府做无线电广播，攻讦美英政府、国际金融、军火贩子、犹太银行家等，认为战争的根源就在于这些机构和人物见利忘义，唯利是图。庞德支持墨索里尼，与其说是盲目的英雄崇拜，毋宁说是走眼的理想主义。他赞扬列宁（Vladimir Lenin），误认为以列宁为偶像的墨索里尼会打击为富不仁的金融贪

---

1 William Carlos Williams, Poem XXII, *Spring and All* (1923).
2 William Carlos Williams, "Paterson," *The Collected Poems of William Carlos Williams, vol. 1: 1909–1939*, ed. A. Walton Litz and Christopher MacGowan (New York: New Directions, 1986), p. 264.

婪，造福苦难不堪的劳动大众，建立非资本主义社会。[1]
庞德甚至认为墨索里尼犯错而致失败，究其原因是没有
及时收到他的孔子译本，从而未能依照中国古老的儒家
智慧改良政治，安邦治国。[2]庞德称希特勒为圣女贞德
（Jeanne d'Arc），视其为圣徒和殉道者，只不过像许多
殉道者一样有极端观点。[3]庞德不仅同情行会社会主义
（Guild Socialism），而且其社会理想的经济动机近于马
克思主义。他被囚于圣伊丽莎白医院（St. Elizabeth's
Hospital）期间依然反复痛斥高利贷，攻击现代资本
主义。

　　1945年暮春，墨索里尼及其情妇在米兰被共产党
人枪毙，悬尸广场。庞德物伤其类，悲天悯人。稍后不久，
意大利抵抗武装到达庞德栖身处时，发现他只身一人在
译孟子。庞德被带走前，拿起当时摊开在桌上的一卷本
儒家《四书》和一本汉英字典揣在身上。[4]庞德自愿被
移交美军后被逮捕，羁押在比萨以北美军惩戒训练中心
（Disciplinary Training Center）。酷热的夏天，他有三个
星期被单独关在一个户外铁笼里，开始用铅笔在卫生纸

1　参见 Ezra Pound, *Jefferson and/or Mussolini: L'Idea Statale; Fascism, as I Have Seen It* (London: Stanley Nott, 1935); idem, *Guide to Kulchur* (London: Faber & Faber, 1938). Cf. Tim Redman, *Ezra Pound and Italian Fascism* (Cambridge: Cambridge University Press, 1991).

2　参见 "Introduction," *Ezra and Dorothy Pound: Letters in Captivity, 1945–1946*, ed. Omar Pound and Robert Spoo (Oxford: Oxford University Press, 1999), p. 8.

3　参见 Charles Norman, *Ezra Pound* (New York: Macmillan, 1960), p. 396.

4　参见 A. David Moody, *Ezra Pound: Poet. A Portrait of the Man and His Work, vol. 3: The Tragic Years 1939–1972* (Oxford: Oxford University Press, 2015), pp. 100–101.

上写《比萨诗章》(*The Pisan Cantos*)。[1]他自况为被囚的黑豹，绝食抗议后被转移到帐篷里，更是创作不辍。据当时照顾他的医护人员回忆，庞德每晚都到对面医疗中心来用他们办公室的打字机写《比萨诗章》，相熟后常和他们聊到深夜。庞德为人和善，极有才华，有时又显得离奇刁钻。[2]

1945 年晚秋，庞德被押送回美国，旋即在首都华盛顿因战争期间缺席被控的叛国罪面临审判。他执意做自辩，在给妻子的信中，他说，只有像他这样写过国父亚当斯(John Adams)、译过儒祖孔子的人才能做辩护人，否则怎么可能明了其中就里？[3]庞德最终未上法庭，反而因变态的狂傲自大，言语恣肆无忌等症状被裁定为神志不清，不宜受审。庞德终于以精神病患的理由被囚禁在华盛顿圣伊丽莎白医院。庞德自称住在疯人院(nut house)，继续写作。不仅旧友，其他文化人也朝圣般慕名而来拜访他，其中美国诗人便有奥尔森(Charles Olson)、洛威尔(Robert Lowell)、毕肖普(Elizabeth Bishop)、金斯堡(Allen Ginsberg)、祖可夫斯基(Louis Zukofsky)、麦克利什(Archibald MacLeish)等。

庞德疯了吗？如果一种信念在一个社会或有些人看

1　参见 Ezra Pound, "Introduction," *The Pisan Cantos*, ed. Richard Sieburth (New York: New Directions, 2003), p. xiv.

2　参见 John J. Gruesen, letter to editor in *New York Times*, Sept. 29, 1991, Section 7.

3　参见 "Introduction," *Ezra and Dorothy Pound: Letters in Captivity, 1945–1946*, ed. Omar Pound and Robert Spoo (Oxford: Oxford University Press, 1999), pp. 19–20.

来是妄念，而在另一个社会或另一些人看来却不是，那么精神病便有了相对性，不待福柯（Michel Foucault）撰写疯癫史来阐明其社会性和历史性。当时为庞德做精神状态鉴定的专家之一——奥弗霍尔泽（Winfred Overholser）说庞德坚信当初若非当局从中作梗，自己本可以阻止二战发生，他会是对战后美国裨益宏巨的人，不应当以囚犯身份押解回美国云云。总之，庞德表现出的观念和执念的"宏大"（grandiosity）远超出常态。[1]辛克利（John Hinckley Jr.）刺杀里根（Ronald Reagan），当年陪审团相信他迷恋女星福斯特（Jodie Foster），痴情无以自拔，为博佳人注意而一时丧失理智，铤而枪击总统的辩方说辞，以致刺杀者被判决无罪而送进精神病院——囚禁庞德长达十三年的圣伊丽莎白医院。事前辛克利为了福斯特又是写情诗，又是寄情书，在精神病院里他不仅谈吐自如，挥毫画画，还作词作曲，自弹自唱，他疯了吗？庞德在医院期间不能随意通信，但从偷带出来的信札看，他有思考和反省，悔恨和忧虑，坚持和偏执，写的绝非精神病人的疯言疯语。[2]庞德是狂人，不是疯子。

1948年，《比萨诗章》出版。[3]这些诗章有其独特魅力，庞德在囚禁中写作时没什么参考书，于是转

1　参见 Lawrie Reznek, *Delusions and the Madness of the Masses* (Lanham, MD: Rowman & Littlefield, 2010), pp. 23–24.

2　参见 *Ezra Pound and James Laughlin: Selected Letters*, ed. David M. Gordon (New York: Norton, 1994).

3　参见 Ezra Pound, *The Pisan Cantos* (New York: New Directions, 1948).

向内心，回忆往昔岁月，不同主题的穿插犹如赋格曲（fugue）。1948 年，庞德因《比萨诗章》而获首届博林根奖（Bollingen Prize），顿时成为轰动事件（*cause célèbre*），激起轩然大波。这样的奖项怎么能颁给一个疯子，一个叛国者？其实庞德获奖本来就或多或少是他的朋友们——艾略特、卡明斯（E. E. Cummings）、泰特（Allen Tate）、康奈尔（Joseph Cornell）——与他的出版人劳克林（James Laughlin）策划营救他的结果。[1] 博林根奖长期以来声誉极隆，本由美国国会图书馆（Library of Congress）评审颁发，因不可调和的争议——文学与政治作为规则不同的游戏之间利奥塔式歧异（Lyotardian *différend*）——而不得不作切割，故而次年史蒂文斯获奖时，已改为由耶鲁大学图书馆（Yale University Library）颁发，至今如此。

庞德与法西斯的关系并不那么黑白分明。法西斯（fasces）即束棍斧，为多根长棍环束的斧头，系政权及其尊严的标志，出自古老的传统。束棍斧，捆在一起，象征团结的力量与共和的一统，以及一切权力属于人民。作为文化符号，束棍斧广泛见于纹章（heraldry）和徽记，至今如此。法西斯主义（fascism）意义上的法西斯有其不无所本的特定历史联想：古罗马执政官出行时吏兵持之开道，锋芒毕露，以凛凛威风震慑芸芸庶民，而吏兵及束棍斧之多寡彰显官员品秩之高低。斧头本用于

1　John Tytell, *Ezra Pound: The Solitary Volcano* (New York: Anchor, 1987), p. 302.

斩首，凶器变礼器，突显逆我者亡的心态与权力。法西斯主义首先是权力崇拜，然后是以群体为名泯灭个体的权力专制。"报纸是其喉舌，教育是其宣传，历史是其辩护，艺术是其回音。"[1] 这是二战前有人对法西斯以及纳粹——国家社会主义（Nationalsozialismus）——文化典型特征的描述。庞德绝非权力崇拜者，而是个人主义信仰者，那么他又何以认同法西斯主义？

这同庞德的个人经历相关，首先是一战造成的创痛。比如他的挚友，他最看好的天才雕塑家戈蒂耶-布尔泽斯卡（Henri Gaudier-Brzeska）——其艺术因庞德而受中国诗和书法影响——在开战不到一年就阵亡了，步其开战第一个月就阵亡的天才同胞阿兰-傅尼埃（Alain-Fournier）后尘。庞德将一战对生命的屠戮和大萧条（Great Depression）对民生的伤害归咎于金融资本主义，称之为高利贷（usura），视为百足怪兽，万恶之源。他信奉道格拉斯（C. H. Douglas）社会信贷理论（Social Credit theory），嫉恶如仇地反对不劳而获的经济剥削，抨击其对艺术、社会、道德和人性的败坏与摧残。马克思批判资本主义社会中人的异化（Entfremdung），庞德关注的也正是这样的问题。一战期间发表的一首诗中，庞德哀叹现代文明的阴险波涛和隐藏陷阱："朋友拮据而凋

1　"The Press is its mouthpiece; education its propaganda; history its apologist; the arts its echo." C. E. M. Joad, quoted in John Wirt Dunning, *The Fight for Character and Other Chapel Talks* (New York: Fleming H. Revell, 1937), p. 62.

零，最可爱的死去。/ 这是生活之路，这是我的森林。"[1]
庞德要另辟道路，走出黑暗的森林。庞德不是厌世的拜伦式英雄（Byronic hero），反倒更像入世的堂吉诃德式骑士（Quixotic knight），有些诗心剑胆的骚人侠客梦。

庞德扬汉字徽绪，步汉诗逸躅，变本加厉为象意方法，以之结构《诗章》。张炎《词源》有道："吴梦窗词，如七宝楼台，眩人眼目，碎拆下来，不成片段。"不待碎拆，《诗章》乍看只是零碎，碎到不成篇章，依然不失为皇皇巨构。以断裂来说，即便梦窗长调在《诗章》面前也只是小巫而已。王应麟《困学纪闻》曾写："寒山子诗，如施家两儿，事出《列子》;羊公鹤，事出《世说》。如子张、卜商，如侏儒、方朔，涉猎广博，非但释子语也。"庞德是饱学诗人（poeta doctus），或者说学者诗人（scholar-poet），擅长于使事用典，俨然"寻章摘句老雕虫"，以学问为缪斯的书蠹式吟游诗人（bookwormish troubadour），游于书中有所见而吟为诗。这里的吟游诗人一词出自普罗旺斯语"找到"（trobar），正如英语"发明"（invent）出自拉丁语"找到"（invenire）。艾略特不是以中国诗为庞德的发明吗？举个失当而又切当的例子，钱钟书《管锥编》古奥淹博，似乎全是笔记与笺注，各种语言搔首弄姿地游行，锥指与管窥中抉微阐幽，发凡引绪，似乎不见宏旨，然而枝隐于叶，树隐于枝，

---

[1] "Friends fall off at the pinch, the loveliest die./ That is the path of life, this is my forest." Ezra Pound, "Et Faim Sallir les Loups des Boys," *Blast 2* (1915), p. 22.

林隐于树，若出乎其外则不难见其主题的统一。《诗章》梭穿轮转，鱼龙曼衍，不啻文化历史意识流，零碎却不只是零碎。

《诗章》是现代史诗，却并不尽然，穿行于戏剧、讽刺、独白、神话、逸事、挽歌、纪实、赞颂、议论、说教等，更不用说移译之间。头绪纷繁，条理芜蔓，《诗章》作为开放文本（open text）读来有时直如剪贴，包括荷马史诗、杰斐逊（Thomas Jefferson）信札、亚当斯日记、孔子语录和耶稣会士冯秉正（Joseph-Anne-Marie de Moyriac de Mailla）中国史等。这是杰作，也是力作，包括 120 个诗章，庞德临终时尚未完成。费诺罗萨说自然中的一切进程都相互关联，故而不可能有"完全的句子"（complete sentence）。[1] 以是否怀念宏大叙事（grand récit）作标准，那么《荒原》是现代主义诗，而《诗章》是后现代主义诗。《诗章》第五十二到六十一诗章为《中国诗章》（China Cantos），第六十二至七十一诗章为《亚当斯诗章》（Adams Cantos），第七十四至八十四诗章为《比萨诗章》。庞德的民族诗学（ethnopoetics）融合诗和人类学，打通不同文化传统。费罗贝尼乌斯（Leo Frobenius）以出自希腊语的教化（Paideuma）指特定经济状态下的意义创造（Sinnstiftung），庞德则借用这一词来指艺术创造的必要条件，通过古希腊和中国、文艺

<hr>

1　参见 Ernest Fenollosa and Ezra Pound, *The Chinese Written Character as a Medium for Poetry*, ed. Haun Saussy, Jonathan Stalling, and Lucas Klein (New York: Fordham University Press, 2008), p. 47.

复兴时期意大利和近现代美国探寻教化。《诗章》充满杰出的历史人物,体现自由、勇气、思想独立等品质,以及儒家正心诚意而治国平天下的理想。庞德喜好儒家,这与他对传统一神教的失望乃至厌恶相关。《中国诗章》概述中国历史,观点宛若启蒙时代,而当时西方对中国的看法相当程度上来自冯秉正。

《诗章》遵循史诗传统,开篇直入事中(in medias res),其多个不同诗章中有人有神,亦古亦今,以多个线条和多重视角复调式展开,构成思想和精神的奥德赛(odyssey)。虽没有简单的线性发展,其展开依然犹如但丁式神圣之旅,以绝望为地狱,迷茫为炼狱,由个体到群体,迈向世俗的天堂。《诗章》的旅程屡经险阻,在思想上寻觅世俗性智慧,精神上寻求启示性超越。庞德第四十九诗章亦称"七湖诗章"(Seven Lakes Canto),系受潇湘八景启发由画而诗的说出(ekphrasis)之作。[1] 它虽然只是短短一章,却在形式与主题上以小见大,对《诗章》的宏旨有所揭示。华裔荣之颖(Angela Jung Palandri)数次到圣伊丽莎白医院拜访庞德,其中有一次庞德提到七湖诗章由来,说它呈现乐园一瞥。[2]

1　参见 Mark Byron, "In a Station of the Cantos: Ezra Pound's 'Seven Lakes' Canto and the *Shō-Shō Hakkei* Tekagami," *Literature & Aesthetics* 22 (2012), pp. 138–152. 又见钱兆明、欧荣,《七湖诗章:庞德与曾宝荪的合作奇缘》,《中国比较文学》2012(1),90—101 页;叶维廉,《庞德与潇湘八景》(北京:北京联合出版公司,2020)。

2　参见 Angela Jung Palandri, "The 'Seven Lakes Canto' Revisited," *Paideuma: Modern and Contemporary Poetry and Poetics* 3 (1974), p. 51.

它引《击壤歌》，通于《庄子·让王》："日出而作，日入而息，逍遥于天地之间而心意自得。"庞德赞同的并非近于法家的儒家，而是近于道家的儒家。美轮美奂的诗句中突然笔锋一转，说到经济和高利贷，进而指向追求的理想。

荷马时代称诗人为歌者（ἀοιδός），可见史诗的歌颂传统。庞德"诗章"（canto）出自拉丁语"cantus"，本可译为"诗歌"。十九世纪俄罗斯探险家指出研究突厥歌者的吟唱表演对理解荷马史诗的重要性，而后来的研究肯定这一观点的正确性。突厥歌者就像萨满，表演时进入恍惚状态，觉得自己骑马般乘着弦琴奔驰。希腊神话和东方史诗之间存在诸多相似性，如伊阿宋（Jason）和奥德修斯（Odysseus）神话皆可在更早且更东的史诗或传说中找到原型。[1]《摩诃婆罗多》（*Mahābhārata*）中同样有与奥德修斯相近的故事，其源头当在中亚，最

1　参见 Julian Baldick, *Animal and Shaman: Ancient Religions of Central Asia* (New York: New York University Press, 2012), pp. 8, 83–87. 又见 Viktor Maksimovi Žirmunskij, "The Epic of Alpamysh and the Return of Odysseus," *Proceedings of the British Academy* 52 (1966), pp. 267–285; Nora K. Chadwick and Victor Zhirmunsky, *Oral Epics of Central Asia* (Cambridge: Cambridge University Press), pp. 291–318.

终为希腊和印度史诗吸纳。[1]奥德修斯之旅是萨满之旅，途中遭遇险阻、诱惑和怪兽；克服困厄，认识自己和世界是史诗英雄的标志。史诗《奥德赛》开篇就请求缪斯（Μοῦσα）讲述"多转之人"（άνήρ πολύτροπος），远征归程中他如何跋涉多途。[2]奥德修斯"多转"，这一荷马用词同样适用于庞德。庞德是萨满，从文学阴间起死回生不同文化的文本。

*

庞德译东西，从来不译为英语中已经存在的东西。[3]中国诗在英语中是新的东西，故而必须译为新的东西。那么庞德之前难道就没人英译过中国诗？当然有，只不过这些先驱们都以传统英诗格律与音韵和俗套遣词及

---

1 参见 Gabriel Germain, *Essai sur les origines de certains thèmes odysséens et sur la genèse de l'Odyssée* (Paris: Presses Universitaires de France, 1954), p. 53. Cf.: "Experts are of the opinion that an influence from the *Odyssey* upon *Alpamysh* can be ruled out as geographically and historically impossible. It seems that there must have been an ancient central Asian folktale which went into both epics. I am inclined to see this folk-tale as going into an Indo-Iranian epic in the early second millennium BCE, when the Indo-Iranians were in Central Asia, before the southward migrations of Indians into India and Iranians into Iran. This Indo-Iranian epic would have been the source of both the *Mahābhārata* and, by westward diffusion, the *Odyssey*." Julian Baldick, *Homer and the Indo-Europeans: Comparing Mythologies* (London: I. B. Taurus, 1994), p. 12.

2 参见 Homer, *Odyssey*, 1.1–2.

3 "Ezra Pound never translates 'into' something already existing in English." Hugh Kenner, "Introduction," in Ezra Pound, *Translations* (New York: New Directions, 1963), p. 9.

句法为天经地义,自以为是或自作多情地将汉语诗归化或驯化为英语中已有的东西,循规而推新出陈,蹈矩而化异为同;下焉者更是取巧凑韵而已,可称为韵匠病(rhymesteritis)。庞德影响了众多诗人,又为众多诗人所影响。庞德所受影响古今都有,从古希腊、罗马到中世纪普罗旺斯和托斯卡纳(Tuscany),更不用说近代欧美,然而就其荦荦大端而言,则非中国诗——以象意汉字为其诗学典范——莫属。这么说依据何在?简言之,别的影响诚然可观,但汉语诗产生的效果——不仅对庞德本人,而且对整个现代主义——却犹如科学革命中的范式转换(paradigm shift)。

凯纳认为庞德英译汉语诗偏离常规,其实是刻意发明一种新的英语诗。[1]翟理思英译的唐诗以夷变夏,符合维多利亚时代大众口味,落英诗窠臼而损唐诗风骨。这么做的远不止他们,至今在中国不乏后来人,以诗言诗虽不当苛求亦不可苟同。庞德认为英语和汉语有特殊的亲缘性,特别适合移译汉语诗。他说最有趣且最有诗意的是两类诗:第一类中音乐或旋律仿佛刚进入话语;第二类中绘画或雕塑宛如强加于言词。前者是抒情诗,后者向无名称,如今叫作意象主义诗,然而它其实很古老,并非新的发明。英语大体上由盎格鲁-撒克逊语(Anglo-Saxon)、拉丁语和法语构成,三种语言中均

---

[1] "But the major deviations from orthodoxy represent deliberate decisions of a man who was inventing a new kind of English poem and picking up hints where he could find them." Hugh Kenner, *The Pound Era* (Berkeley: University of California Press, 1971), p. 218.

有意象主义诗作；一种诗或美既已见于这三者，那么说它在择其优与强而成的英语中反倒是不可能的便荒谬可笑。至于汉语，我们追求意象字的力量而不知。依费诺罗萨之见，英语作为最少曲折的欧洲语言，最适合重现无曲折汉语的力量和凝炼。[1]

*

庞德是否是现代最伟大的诗人自可商榷，但若论对现代主义的影响则无出其右者。庞德编过多个诗集，从最早的意象主义诗集到半个世纪后的《孔子到卡明斯》（ *Confucius to Cummings: An Anthology of Poetry*, 1964），力图改塑诗歌史，改变文学趣味。当年小杂志文化盛行，先后作为多个有影响力的杂志编辑，庞德以文学伯乐为己任，对新人汲引与提掖不遗余力。乔伊斯说庞德："我们都欠他很多，所有人中肯定以我为最。"[2] 庞德不仅帮他们发表作品，寻求资助，而且写评论做推广。比如说《尤利西斯》面世后，庞德和艾略特率先发表评论，奠定此后批评的基调。[3] 1913 年，他发现弗罗斯特（Robert

---

1 参见 Ezra Pound, "Imagisme and England," as excerpted in Noel Stock, *Poet in Exile: Ezra Pound* (Manchester: Manchester University Press, 1964), pp. 76–77.

2 "We all owe him much, and I most of all surely." James Joyce, quoted in Hugh Kenner, "In the Caged Panther's Eyes," *The Hudson Review* 1 (1949), p. 580.

3 参见 Ezra Pound, "James Joyce et Pécuchet," *Mercure de France* 156 (1922), pp. 307–320; T. S. Eliot, "*Ulysses*, Order, and Myth," *Dial* 75 (1923), pp. 480–483.

Frost），一时喜不自禁，觉得孺子可教，要改造其人其诗，以至弗罗斯特盛情难却之下逃离伦敦。1914 年初，他发现潦倒而不改其志的乔伊斯，同年晚秋发现已经独自现代化了的艾略特。那时庞德是伦敦最忙碌活跃的人，志在改变他蔑视的当代写作。[1]

庞德之于叶芝，犹如维特根斯坦（Ludwig Wittgenstein）之于罗素（Bertrand Russell），平时自是晚辈，有时却俨如师辈。威廉斯回忆二十世纪初他们都在宾大读书的日子，说初遇庞德便觉得他是自己所见过的最活泼、最聪明、最风趣、最没法解释的东西；威廉斯甚至耸听地说遇到庞德前就像公元前。[2]庞德富急智，颇卖弄，很博学，极自信，让威廉斯钦佩与艳羡之余不免有些抵触。威廉斯比庞德大两岁，叶芝比庞德大二十岁，而庞德对他们像是亦师亦友。庞德好为人师，斧正艾略特《荒原》，大刀阔斧，删繁就简，以象意方法将之改为一首意象并呈的诗，以跳跃取代过渡，断裂打破序贯，以至于其非连续性对阅读造成相当困难。《诗章》是最长的长诗，《荒原》是最短的长诗，而两者的象意方法已见于最短的短诗《地铁站里》。

"我终究是浪漫者。"叶芝说。[3]"我们是最后的浪漫

1　参见 Richard Ellmann, *James Joyce* (1959; Oxford: Clarendon, 1982), pp. 350–351.

2　参见 William Carlos Williams, *The Autobiography of William Carlos Williams* (New York: Random House, 1951), p. 58; idem, *I Wanted to Write a Poem*, ed. Edith Heal (Boston: Beacon, 1958), p. 5.

3　"I was a romantic in all." William Butler Yeats, *Memoirs*, transcribed and ed. Denis Donoghue (New York: Macmillan, 1972), p. 19.

者。"叶芝又说。[1] 叶芝眼中的浪漫主义不限于一定时期，包括但丁、斯宾塞（Edumund Spenser）和弥尔顿（John Milton）——更不用说英国浪漫时期六大（Big Six）诗人——皆为浪漫者。叶芝本人是世纪末浪漫者（*fin de siècle* Romantic），却又可谓浪漫现代主义者（Romantic Modernist），正如史蒂文斯和狄兰·托马斯（Dylan Thomas）。吊诡的是，庞德在诗学上反浪漫，叶芝又何以能忍受狂童之狂，听其狂悖之论而成为现代主义者？答案就在庞德与史蒂文斯似乎相互漠视，乃至敌视——敌视已经是一种重视——而其实不知不觉中又暗通款曲的悖论性关系中。史蒂文斯说尽管人们在贬义上谈论浪漫者，"诗在本质上却是浪漫的，唯有诗的浪漫者必须是恒新的东西"[2]。浪漫永不过时，诗历久弥新，不断更新正是浪漫的表现。浪漫的精神永恒，虽然其表征随时而演，因境而变。庞德迷恋吟游诗人，有中世纪和文艺复兴情结，当然浪漫。从吟游诗人那里他体会到简单、直接和音乐性之美，古为今用有助于诗的现代化。"Make it New!"是庞德的口号，也是叶芝和史蒂文斯的信条。毕竟，他们都是诗人。

现代主义从未抛弃历史感：新出于旧，出于对往昔遗产的敏锐意识，出于传统与个人才能的相遇。庞德诗

---

1 "We were the last romantics." W. B. Yeats, "Coole Park and Ballylee, 1931."

2 "But poetry is essentially romantic, only the romantic of poetry must be something constantly new." *Letters of Wallace Stevens*, ed. Holly Stevens (Oxford: Alfred A. Knopf, 1970), p. 277.

《合约》说：

> 我和你休战，沃尔特·惠特曼——
>
> 我讨厌你够久了。
>
> 我来看你，作为长大了的孩子
>
> 一直有个猪头父亲；
>
> 我现在够年纪了，可以交朋友。
>
> 是你劈开了新木材，
>
> 现在是雕刻的时候。
>
> 我们同汁同根——
>
> 让我们之间有往来。[1]

庞德认惠特曼为其诗父，却难免有艺术上的俄狄浦斯情结（Oedipus complex），敬畏中有怨恨与杀气，长大了矢志不渝，誓要自立门户。庞德将惠特曼视为"美国的诗人"（America's poet），甚至说他就是美国，就是其时代及其人民。惠特曼是粗放的天才，知道自己只是肇端而非完成：新木浑璞未雕，有待大方来者。庞德大言不惭地说："我敬重他，因为他预言了我。"[2] 这是庞德自命不凡的使命感，觉得天降大任，自己要集大成，成大器，以诗心雕刻出一片新天地。庞德坦承读惠特曼会有剧烈痛苦，写东西时却发觉自己用的是他的节奏。

1　Ezra Pound, "A Pact," *Poetry 2* (1913), pp. 11–12.

2　"I honour him for he prophesied me." Ezra Pound, *Selected Prose: 1909–1965* (New York: New Directions, 1973), p. 145.

《桃花石》用的是自由体，惠特曼的节奏，不自觉传承中有意识有所变异。庞德始而有"影响的焦虑"（anxiety of influence），终而有影响的超越。《桃花石》是中国诗，中国诗是庞德交的朋友，但没有惠特曼——虽然庞德突破了惠特曼——便不会有世人看到的《桃花石》。庞德是炼化诗人（alchemic poet），其诗艺是诗的炼化术（poetic alchemy），炼化一切，从前人诗歌到个人经验，乃至人类历史。

《比萨诗章》首章——第七十四《诗章》——结尾说："我们已涉过忘川。"希腊语的真（ἀλήθεια），海德格尔解作非隐（ἀ-λήθεια），亦即非忘。带入语言即涉过忘川（λήθη），见证真。《周易》中反复出现"利涉大川"，如《涣·彖》："利涉大川，乘木有功也。"1922 是现代文学惊奇年（annus mirabilis），有时被视为现代主义元年，距今正好百年。这一年，《尤利西斯》和《荒原》先后出版，成为现代主义小说和诗里程碑式的经典。庞德卒于 1972 年，到今年正好半个世纪。世纪回眸，高山仰止。

庞德是涉过忘川的人，带读者涉过忘川，进入其语言。

水琴　西蒙

2022 年 11 月 6 日

引言

　　艾兹拉·庞德先生最近完成一册诗集，要在纽约出版，冠名为《面具》[1]。我对将在伦敦出版的类似集子中遗漏了哪些，该收录哪些提了点建议；与庞德讨论这些事情时萌生出由我作引言的端绪。

　　在作者遗漏的诗中，我想收录的集中见于书后。除了提到的例外，全书遵循的顺序是从中选录诗作的零散诗集的初版时间。庞德先生期望他的集子涵盖他所有的诗体作品，直到他打算续印的《诗章》。以我的责任而言，本书意图并不完全适合那个角色：它不是一个"合集版"，而是一个选集。庞德略去的某些诗，以及我自己略去的某些，在我看来颇"值得保留"。在我眼中，本书是对庞德作品的便捷介绍而非最终版本。此前出版的每一卷各自代表了其作品的一个特定方面或时期；即便遇到适合的读者，它们也并非总是按照正确的顺序阅读。我的观点是，庞德的作品不仅比人们普遍认为的要多样化得多，而且代表了一种持续的发展，一直到《休·塞尔温·莫伯利》——《诗章》之前的最后一个重要阶段。若非别的什么，本书

1　本书不能以此为书名，因为它会导致与美国卷及1909年埃尔金·马修斯（Elkin Mathews）初版 *Personæ* 相混淆。——艾略特原注

会是一本现代诗作的教科书。《诗章》——"有些长度的诗"——肯定是他最为重要的成就；由于其稀少及困难，它们不受青睐；但它们对从头追踪作者诗作的读者来说容易理解得多。

几年前谈自由诗时，我说过"对要把活干好的人来说,没有什么诗是自由的"。相对于法语亚历山大体而言，此术语五十年前有确切意义，如今却因所指太多而无所指了。于勒·拉福格[1]的自由诗——他即便不是波德莱尔之后最伟大的法国诗人，也肯定是最重要的技术创新者——是自由诗,恰如莎士比亚、韦伯斯特[2]、图尔纳[3]的晚期诗是自由诗：换言之，它拓展、收缩、扭曲传统的法国格律，正如晚期伊丽莎白和詹姆斯时代诗拓展、收缩、扭曲白体诗格律。但此术语又用于与拉福格、科比埃尔[4]和兰波无关，彼此亦无关而在英语中发展出的几类诗。更确切说，比如有我这类诗，庞德那类，还有惠特曼弟子们的那类。我并非说后来没有出现几类诗相互影响的迹象，而是在说源头。依我所见，我自己的诗比其他类更近于自由诗的原义：至少，我在 1908 或 1909 年开始写作时的形式，直接来自对拉福格及晚期伊丽莎

---

1 于勒·拉福格（Jules Laforgue，1860—1887），法国诗人，被称为部分象征主义者、部分印象主义者,在当时不出名诗人中最为有名。
2 约翰·韦伯斯特（John Webster，约 1580—约 1632），英国戏剧家，以悲剧著名。
3 西里尔·图尔纳（Cyril Tourneur，约 1575—1626），英国诗人和戏剧家。
4 特里斯坦·科比埃尔（Tristan Corbière，1845—1875），法国诗人，被诅咒的诗人（poète maudit）代表，近于象征主义。

白时代戏剧的学习；而我并不知道任何别的人也从那个点出发。我到生涯颇晚才读惠特曼，不得不克服对他和他许多题材的反感才能读下去。我同样肯定——这的确显而易见——庞德无所取于惠特曼。这是个基本的观察；但应对自由诗的通俗概念时，还是得像十五年前那样简单而基本。

本卷最早的诗作显示在其自由诗有了方向的时刻，庞德最初所受的强烈影响来自勃朗宁和叶芝。大的背景是十九世纪九十年代，而九十年代后面是斯温伯恩[1]和威廉·莫里斯[2]。我猜测后者的影响，在庞德先生开始发表诗作前所写的东西中更为明显；它们在他某些晚期作品中残留，与其说是诗作技巧不如说是情感态度：道森[3]、莱昂内尔·约翰逊[4]和菲奥娜[5]的影子徘徊不去。[6]从技术上讲，这些影响都不错；因为它们合起来强调诗作为话的重要性（我不把斯温伯恩当作例外）；而从更古

1　阿尔加侬·查尔斯·斯温伯恩（Algernon Charles Swinburne，1837—1909），英国诗人、剧作家、小说家、批评家，所写常涉禁忌话题。

2　威廉·莫里斯（William Morris，1834—1896），英国设计师、诗人、社会主义活动家，自学成才的工匠。

3　欧内斯特·道森（Ernest Dowson，1867—1900），英国诗人、小说家，与颓废派运动（Decadent movement）相关。

4　莱昂内尔·约翰逊（Lionel Johnson，1867—1902），英国诗人、随笔家、批评家。

5　菲奥娜·麦克劳德（Fiona Macleod，1855—1905）即苏格兰诗人及传记作家威廉·夏普（William Sharp），常以菲奥娜为笔名。

6　必须记住庞德先生写过阿瑟·西蒙斯（Arthur Symons）诗研究的上好论文，编辑过莱昂内尔·约翰逊诗卷，有些本包含庞德写的引言，被出版商匆匆撤回，现在成了藏书者的奇货了。——艾略特原注

老的探究中，庞德学到了诗作为歌的重要性。

在这点上，做个区分——通常被几乎所有自己不写诗和许多自己写诗的批评家忽略——非常重要：形式与实质之分，以及材料与态度之分。这种区分虽然不断在做，但经常该做时不做，该注意时又被忽略。现代诗经常是不同时被关联，相同时被分别。人们可能会认为他们喜欢其形式，因为他们喜欢其内容；或者认为他们喜欢其内容，因为他们喜欢其形式。在完美的诗人中，它们相契，是同一回事；在另一意义上，它们总是同一回事。说形式和内容是同一回事总是对的，说它们不是同一回事也总是对的。

比如说庞德便被指控犯了正相反的错误，因为做这些区分很少是在正确的地方。他被说成不当地"现代"，不当地"古代"。在其该是真的时候，两说皆不真。

我首先应该说庞德的诗作对责其"现代"的那些人来说，它之所以可责难是因为他们没有受过足够的教育（诗方面）来理解发展。诗人可以分为发展技术的那些，模仿技术的那些，以及发明技术的那些。我说"发明"时该用引号，因为如果可能的话，发明不可非难。"发明"是错的，只是因为它不可能。我的意思是"发展"和"游戏"之分在诗中是首要之分。在花卉园艺意义上，诗中的"游戏"有两种：一种是对发展的模仿，另一种是对某种原始性观念的模仿。前者司空见惯，系文明产生的废物；后者有悖生命。绝对原创的诗绝对坏；它是"主观的"，在坏的意义上，与它诉诸的世界毫无关系。

换言之，原创在诗批评中绝非简单的观念。真正的原创只是发展；如果它是正确的发展，它最终会显得如此不可避免，以至于我们最终会否认诗人的一切"原创"之德。他只不过做了下一件事。我并不否认真的和虚假的原创性可能会给公众同样的冲击；事实上，虚假的原创（"虚假的"，当我们恰当地用"原创性"一词，也就是说在生命的限定中；而当我们绝对地，故而不当地用词，"真正的"）可能会有更大的冲击力。

庞德的原始性是真正的，因为他的诗作是他的英语先驱的诗的逻辑发展。惠特曼的原创性既是真正的，又是虚假的。它是真正的，因为它是特定英语散文的逻辑发展；惠特曼是伟大的散文作家。它是虚假的，因为惠特曼的写作方式断言他的伟大散文是诗的新形式。（这一点上我忽略惠特曼的内容中的大部分胡扯。）"革命"一词没有意义，原因在于我们在同一名下混淆两者：因为他们逻辑地发展，故而是革命的那些；因为他们不逻辑地创新，故而是"革命的"那些。在任何时候，分辨两者都很困难。

庞德是"原创的"，在我赞赏的方式上，另一意义上。有个肤浅的测试认为原创性诗人直接走向生活，次生性诗人直接走向"文学"。探究此事，我们发现真正"次生性"的是将文学误作生活的诗人，而他经常犯此错误的原因无它——阅读不够。寻常有修养的人的寻常生活，是文学和生活的含混。从一个正确的意义上来看，对受过教育的人来说，文学是生活，生活是文学；而从另外一个不良的意义上来看，同样的话也许就是真的。我们至少可以努力不要将材料和作者对其的使用混为一谈。

庞德在正确意义上经常最"原创"之时，正是他在寻常意义上最"考古"之际。一个人并不因写烟囱帽而现代，写金焰旗而古老：这么说几乎过于平平无奇了。的确，大多数写金焰旗的人不过是在收集古币而已，正如大多数写烟囱帽的人是在锻造新币。有谁能真的穿透另一时代的生命，那么他便是在穿透自己时代的生命。懂城齿和城墙垛口的诗人会懂烟囱帽，反之亦然。比如说，有些人把阿尔比大教堂看作饼干厂，就会懂其建筑；别的人想起阿尔比大教堂就会懂饼干厂。这只是方法的主观差异。鼹鼠挖洞，老鹰飞翔，其目的相同：要生存。

如果说庞德具有真正的原创性，那么理由之一，我认为是他复活了普罗旺斯和早期意大利诗。厌倦庞德的普罗旺斯和他的意大利的人，正是那些只能把普罗旺斯和中世纪意大利视为博物馆藏品的人，而庞德并不如是看，他也并不让别人如是看。确实，庞德看普罗旺斯似乎是通过意大利（我对普罗旺斯语一无所知，除了十来行但丁，这一事实与此无关）。然而他视它们为与自己同时代，就是说他抓住了普罗旺斯和意大利永恒于人性中的特定东西。依我之见，他处理意大利和普罗旺斯时，远比他处理现代生活时更为现代。他的贝特朗·德·博恩[1]远比他的百牛安息香先生[2]更为鲜活(《当代风俗》)。对待古代，他提取生命本质；对待当代，他有时只注意到偶然因素。但这并不意味他是古董收藏家或寄生于文学。任何学者都可以将阿尔诺·达尼埃尔[3]或圭多·卡瓦尔坎蒂[4]视为文学人物；只有庞德视他们为活着的生灵。时间在这类关联中无关紧要；你视为，真的视为人的是阿尔诺·达尼埃尔，还是你的蔬果店主，与此无关。这只是一个适合特定诗人的手段的问题，而我们关注结果甚于关注手段。

那么在庞德早期诗作中，我们必须首先考虑某些英语诗先驱的影响，然后考虑普罗旺斯和意大利诗的影响。在所有这些影响中，我们必须辨别形式的影响和内容的影响；但另一方面，没有人可以只被形式或内容两者之一影响；影响的缠结我们只能部分解开。任何一个诗人对另一诗人的影响既是形式的，又是内容的。前者或许更容易追踪。早期诗作中的某些形式显然受到叶芝的技术影响。追踪确切而困难的普罗旺斯作诗法比以下容易得多：将普罗旺斯诗真正复活的元素，与庞德获得的浪漫幻想元素——不是来自阿尔诺·达尼埃尔或但丁，

---

1 贝特朗·德·博恩（Bertran de Born，约1140—约1215），法国男爵，吟游诗人。
2 百牛安息香先生（Mr. Hecatomb Styrax），庞德笔下虚构人物，用以讽刺维多利亚时代婚姻的虚伪。
3 阿尔诺·达尼埃尔（Arnaut Daniel，1150—约1210），法国十二世纪吟游诗人，被但丁誉为最好的工匠。
4 圭多·卡瓦尔坎蒂（Guido Cavalcanti，约1255—1300），意大利诗人、哲学家，参与佛罗伦萨政治生活，其思想影响过他的诗人朋友但丁。

而是来自九十年代——区分开来。必须记住，这些是不同的事情，无论我们有无能力作出分析。

1912年的《回击》，确实比1910的《面具》有所进步。这个时期的观点有迹可寻，见于重印在散文集《曼舞与分别》（*Pavannes and Divisions*，1918）中名为《回顾》的注解，以及《演译与自由诗》注解。这一组中最重要的诗大概是盎格鲁-撒克逊语《航海者》译本。这是继普罗旺斯诗之后的一种新的归化，为从汉语展译《桃花石》做了准备；依此来说，这是迈向《诗章》——全然自己——进程中的必要阶段。贯穿庞德作品中有一种我们可称为言语风格的综合建构的不懈努力。这些当中的每一元素或线索中都既有庞德，又有他人，不可再作分析；这些线索合而成绳，绳却尚不完整。善译如是则不只是译，因为译者通过自己给出原文，通过原文找到自己。再者，寻踪庞德作品，我们必须记住其两面：作诗法一面可通过早期影响追踪，通过他对普罗旺斯、意大利、盎格鲁-撒克逊诗，以及对中国诗人和普罗佩提乌斯[1]的作为；更深的个人感受一面则见于——至今不只见于——技术成就最重要的诗作中。两者随时间推进而趋于统一；但在考虑之中的诗里，它们经常有所分别，有时不完美地统一。因此，对技术成就感受最深者看到稳步前进，对个人声音关注最多者倾向认为庞德

---

1 塞克塔斯·普罗佩提乌斯（Sextus Propertius，公元前约50—约15），古罗马诗人，出生于翁布里亚，公元前一世纪二十年代初来到罗马，结识了维吉尔等著名诗人，在罗马抒情诗发展史上占有重要地位。

的早期诗最好。两者都不完全正确；但后者更为错误。《回击》在我看来是比更早的《面具》和《欢腾》更个人化之作；《净化礼》中的诗有些延续这一发展，有些没有；《桃花石》和《普罗佩提乌斯》在技术方面的重要性则更直接，正如《航海者》；一直到《莫伯利》（我认为《诗章》之前最后的诗）才有某种确切的融合发生。读者可以将《回击》中有些可爱的小诗与《歌谣》《面具》《欢腾》中的诗——这些显然更具技术兴味——做比较，另一方面与《莫伯利》做比较。同时，在《净化礼》中有多重声音。美丽的《佩里戈尔附近》中便有勃朗宁的声音。另外还有：

> 在那儿，锁在泰利朗的城堡里，
>
> 无耳无舌，除了在手中，她
>
> 消逝——啊，消逝——不可触，不可及！
>
> 她从不能活，除了通过一人，
>
> 她从不能说，除了对着一人，
>
> 她其余的一切只是迁移变化，
>
> 破散的一捆镜子……！

这些诗句不是勃朗宁或别的任何人，而是庞德；但它们也不是最终的庞德，因为措辞中有太多东西，可以由数目不定的好诗人建构出来。这是好诗；它比《桃花石》更个人化，但句法没那么有意义。《回击》和《净化礼》中有许多篇幅更小的短诗，同样动人，其中"感受"或"情绪"比文辞更有趣。(在完美的诗中,两者同样有趣,而同样有趣即作为一物而非两物有趣。)

少女

树进入我的双手,
汁液升上我的双臂,
树长进我的胸怀——
向下,
枝条从我身上长出,如手臂。

树是你,
苔是你,
你是上有微风的紫罗兰。
一个孩子——这么高——你是,
而这一切对于世界都是蠢事。

你看,在此"感受"是最好意义上的原创,而措辞却不甚"完结";那最后一行,我或别的半打人都可以写。然而这并没"错",我肯定不能加以改进。

至于《桃花石》,必须指出庞德是我们时代中国诗的发明者。我猜测每个时代都曾有,而且会有关于移译的同样的幻觉,一种并非完全是幻觉的幻觉。当一个外语诗人被成功译入我们的语言及我们的时代的用词时,我们相信他已被"移译";我们相信通过这种移译最后

46

真的得到了原文。伊丽莎白时代人必定认为他们通过查普曼[1]得到了荷马，通过诺斯[2]得到了普鲁塔克[3]。我们并非伊丽莎白时代人，没有那种幻觉；我们看到查普曼是查普曼甚于是荷马，诺斯是诺斯甚于是普鲁塔克，两者都在三百年前。我们也觉察到现代学者型译本——洛布[4]或别的版本——给我们的与都铎王朝不同。如果出现一个现代查普曼、诺斯或弗洛里奥[5]，我们应该相信他是真正的译者；换言之，我们应该恭维他，相信他的译本是透光体。

对当代人而言，都铎译本无疑就是透光体；对我们来说，它们是"都铎散文的辉煌范例"。同样的命运发生在庞德身上。他的译文似乎是——而这是优秀的考验——透光体：我们认为我们比读理雅各[6]更接近汉语。我对此存疑：我预言三百年后庞德的《桃花石》会是个"温莎译本"，正如查普曼和诺斯现在是"都铎译本"：

1　乔治·查普曼（George Chapman，1559—1634），他于1598年翻译了《伊利亚特》前七卷，1611年译完整部史诗，1616年又翻译了《奥德赛》。查普曼的造诣精深，其译作成了当时的文学杰作。

2　托马斯·诺斯（Thomas North，1535—1601），1579年从阿米约的法语版转译了希腊作家普鲁塔克的《希腊罗马名人传》，对普鲁塔克的著作在英国文艺复兴时期的传播起到举足轻重的作用。

3　普鲁塔克（Plutarchus，约46—120），罗马帝国时代的希腊作家、哲学家、历史学家，著有《希腊罗马名人传》。

4　指洛布古典丛书（Loeb Classical Library），收录众多希腊语和拉丁语古典作品，系常见的标准版本。

5　乔瓦尼·弗洛里奥（Giovanni Florio，1552—1625），诗人、翻译家，英国文艺复兴时代极为重要的人文主义者。

6　詹姆斯·理雅各（James Legge，1815—1897），近代英国著名汉学家，曾任香港英华书院校长，伦敦布道会传教士。他是第一个系统研究、翻译中国古代经典的人，将《四书》《五经》等中国主要典籍全部译出。

它会被（正当地）称作"二十世纪诗的辉煌范例"而非"译本"。每一代人都必须为自己移译。

这等于说中国诗，就我们今日所知而言，是艾兹拉·庞德发明的某种东西。这并非说有一种中国诗自体，等待某个只做译者的理想译者，而是说庞德丰富了现代英语诗，正如菲茨杰拉德以前丰富了它。菲茨杰拉德只产出过那一首伟大的诗，庞德的译本的趣味在于它是庞德的诗的发展的一个阶段。今天喜欢中国诗的人喜欢中国诗，并不真的甚于在慕尼黑和邱园[1]喜欢威娄陶[2]和中国塔的人喜欢中国艺术。很可能中国诗，以及普罗旺斯诗、意大利诗和撒克逊诗，影响了庞德，因为没有人能理智地与外国材料打交道而不受其影响；另一方面，庞德肯定影响了中国诗、普罗旺斯诗、意大利诗和撒克逊诗——不是不可知的物自体，而是我们所知之物。

将庞德的原创与其译作分开考虑会是个错误，一个隐含了关于移译性质的更大错误的错误。（参看《曼舞与分别》中的《伊丽莎白古典主义者》注解相关部分。）如果庞德不是译者，他作为"原创"诗人的声誉会更高；如果他不是一个原创诗人，他作为"译者"的声誉会更高。这一切都无关紧要。

那些期望任何好诗人都应该写成一系列杰作——先后相似而在每一方面都更完善——而前进的人完全

1　邱园（Kew Gardens），英国皇家植物园，坐落在伦敦，园中植物及菌类物种多样性居世界植物园之首。
2　威娄陶（Willow pottery）系中国风格陶瓷，白底蓝纹。

昧于诗人工作的必然条件，尤其是在我们的时代。诗人的进步是双重的。经验的逐步积累，就像个坦塔洛斯罐[1]：也许每五或十年间只有一次经验会积累形成新的整体，找到其恰当的表达。但如果一个诗人满足于若非自己最好的便不尝试，如果他坚持等待那些不可预期的结晶，当它们来临时，他不会已经准备好。经验的发展大致是无意识的、潜在的，故而我们只能每五或十年才能对其进步做次衡量；但在此期间，诗人必须工作——他必须试验，测试自己的技术，使它像润滑良好的引擎一样，在机会来临时将其发挥到极致。想要继续写诗的诗人必须保持训练；做到这点必须不是靠强迫自己的灵感，而是靠生活中每周都要工作数小时才能保证其水准的工艺。

我刚才说的可充当引言，不仅对于译作，而且对于庞德的一类可称为讽语的诗。这些诗散见于《净化礼》中。我在这一版本中收录了它们当中大多数。当然，还有对马提亚尔[2]以及希腊集的讽语家的熟稔。在当下"诗爱好者"当中，对马提亚尔的趣味依然比对德莱顿[3]的（真正）趣味更为罕见。"诗爱好者"没有意识到的是他

1　艾略特用的 tantalus jar 一词颇为费解：tantalus 可指一种上锁的透明酒柜，需要用钥匙打开，但加上 jar 有人猜测是指蜘蛛罐，tantalus 可能系 tarantula 之误。

2　马库斯·瓦列里乌斯·马提亚尔（Marcus Valerius Martialis，约40—103/104），罗马帝国诗人，以讽刺诗著名，英语世界称之为"Martial"。

3　约翰·德莱顿（John Dryden，1631—1700），英国诗人、剧作家、文学评论家，被誉为"桂冠诗人"，英国戏剧史上戏剧评论的鼻祖人物。

们将诗限于"诗意的"是对浪漫时代的现代限制：浪漫时代已经断定散文中的相当一部分是诗（虽然我敢说伯顿[1]、布朗[2]、德·昆西[3]，以及诗散文浪漫主义者的其他偶像觉得自己是在写散文）；反过来说，诗的相当一部分是散文。（对我来说，蒲柏[4]是诗，杰里米·泰勒[5]是散文。）读者切不可匆匆断定庞德的诗是否"成功"；因为他首先得审视自己的灵魂，看是否能把最好的讽语当作诗来享受。（麦凯尔[6]的希腊集选录不错，除了是选录外，即它们倾向于抑制编集者们机智的元素、讽语的元素。）不喜欢庞德讽语的读者，应该确保在责难它们前不将之与《夜莺颂》相比较。他最好把它们接受为一种特殊的体裁，将之与别的比较前做相互比较——因为有些确实比别的更好，我还略去了关于切斯特顿先生的一首。没有人能评判诗，直到他意识到诗近于"律文"超过近于散文诗。

我不准备说我欣赏讽语：我的趣味兴许过于浪漫。我确信的是庞德的讽语，若与类似体裁的当代任何东西

1　罗伯特·伯顿（Robert Burton, 1577—1640），英国散文家，以《忧郁的解剖》闻名于世。

2　托马斯·布朗（Thomas Browne, 1605—1682），英国大学者，其著作涉猎广阔。

3　托马斯·德·昆西（Thomas De Quincey, 1785—1859），英国散文家和批评家，代表作为《瘾君子自白》。

4　亚历山大·蒲柏（Alexander Pope, 1688—1744），英国诗人，新古典主义巨匠，尤其擅长英雄双韵体（heroic couplet）。

5　杰里米·泰勒（Jeremy Taylor, 1613—1667），英国诗人，被誉为神职人员中的莎士比亚。

6　约翰·威廉·麦凯尔（John William Mackail, 1850—1945），英国牛津大学诗歌教授、古典文学学者。

相比肯定更好。我同样确信庞德之致力于移译和展译，以及严肃律文的轻松形式提供了其目的一致的证据。一个人不能总是写诗；当他不能写诗时，写律文，写成好律文比写坏律文并说服自己它是好诗更好。庞德的讽语和移译代表了对浪漫传统的反叛：该传统坚持诗人应该持续地有灵感，而灵感允许诗人将坏律文呈现为诗，但又否定其制作好律文直到它也能充当伟大的诗的权利。

这一引言若能向读者说明一点便已达其目的：诗人的工作可以沿想象的图表中的两条曲线进行——线条之一是其对技术卓越的有意识的持续企图，即不断地为真的有东西要说的时刻发展其介体；另一条线是其发展的正常人历程，他对经验（经验不可求，它不过是接受为我们做真正想做的事的后果）的积累与消化，而所谓经验我指的是阅读和思考，各种不同爱好，接触和相识，以及激情与冒险的结果。时不时这两条曲线会在高峰汇合，以至我们得到一部杰作。这就是说经验的积累已经结晶形成艺术的材料，而技术上经年的努力已经准备好一种适当的介体；结果是介体与材料、形式与内容不可区分的某种东西。像这样的半譬喻性叙述不能过于刻板地运用；即便它可以运用于所有诗人的工作，每一个体诗人的工作都会有所偏离；我只是将它设定为对有些诗人——庞德是其中之一——工作的介绍。它应当帮助我们分析他的工作，区分他第一、第二和第三强度的工作，并欣赏低度的价值。

在这一点上可以提出异议：即便对过程的叙述正确，

诗人发表形式的完美与感受的意义相统一，亦即他最好的作品之外的东西是否正当？对此异议有几种应答，既有理论的，也有实践的：最简单的之一是如果你运用它便必须在两方面运用，而结果便是审查大多数已为人们所接受的诗人已发表作品的大部分。它也可能完全抹杀掉几位优秀的诗人。我一生中只遇到极少数真的在乎诗的人；那极少数，当他们有了知识（他们有时真是文盲），便知道如何从每位诗人那里取其所给，摈斥那些无论给的是什么却总装给的比其给的更多；这些有鉴别力的人欣赏蒲柏和德莱顿的作品。（确实可以说在我们的时代，不能把蒲柏作为诗享受的人大概什么诗也不懂：随口一说，我记得庞德曾经说服我毁了自觉很好的一套双韵体，因为他说："蒲柏已经把这个事做绝了，你不可能做得更好；如果你把这个当作笑资，你最好把它压下，因为你没法戏仿蒲柏，除非你的韵体写得比他好——而你不能。"）我刚才把诗人的技术发展和个人发展，描述为一个图表中两条有时相交的曲线。但我得补充说这个比喻有欺骗性，如果它让你认为这两者非常分明。如果我们只知道"完美的"诗，那么我们对诗知之甚少；我们甚至不能说"最伟大的"十二个、六个、三个或两个诗人是谁。但如果我们真的爱诗，那么我们在所有程度上知道而且必须知道。技术与感受的区分——一种必然武断而粗暴的区分——不会困扰我们：我们会欣赏高峰的交汇，任何水平上材料与手段及形式与内容的融合；我们也会既欣赏技术优秀超过内容趣味的诗，也欣赏内容趣味超过技术的诗。

在本卷中，三种诗你全都会找到。在有些诗中，内容比表达手段更重要；在别的诗中，表达手段才是重要的东西；有些诗两者兼之。大多数人会在本书中找到他们喜欢的东西，以及他们不喜欢的东西；只有喜欢诗并把自己训练得喜欢诗的人会全都喜欢。这种人却并不多。

庞德诗中形式与感受最紧密的接近，我指最大程度上几乎延续的认同，我在其《诗章》中找到；对此我不便多说，因为本书中我未被获许刊印它们。（至少，它们是我能带着欣悦和歆羡阅读的当代人写的唯一的"有些长度的诗"；至多，它们并非我在本文中所能探究；无论如何，它们对于年轻诗人来说是可以开采的矿藏；不管怎样，我与其"哲学"的分歧是另一码事。）关于本书的内容，我对《莫伯利》非常确信，无论我对别的什么同样确信。我省略了一首长诗，庞德先生本人可能会选录：《向塞克塔斯·普罗佩提乌斯致敬》。我怀疑它对未受教导的读者的效果，即便有我的教导。如果未受教导的读者不是古典学者，他将不知所措；如果他是古典学者，他会疑惑何以此诗与他对移译应该如何的观念不相符合。它不是移译，而是展译，或者更真实说（对受过教导者）是一个面具。它也是对普罗佩提乌斯的一种批评，以有趣的方式坚持普罗佩提乌斯中幽默、佯语和嘲讽元素，而麦凯尔及其他演译者却忽略了这些。我认为庞德批评对了，普罗佩提乌斯比他大多数演译者承认的那样文明得多；尽管如此，我还是略去了这首诗——

虽然它在作诗法上极为有趣，系《诗章》的必要前导之一。我觉得《向塞克塔斯·普罗佩提乌斯致敬》这首诗会对许多读者造成困难：因为它不足为"移译"，又因为另一方面它又过分是"移译"，以至除了对庞德诗颇有研究者外任何人都难以理解。[1]

我如此看重《休·塞尔温·莫伯利》或许会令人惊讶。这是一首伟大的诗，我觉得。一方面，我感到其作诗法比本书中任何别的诗都更为精到，更富变化。关于作诗，我只声称所知就像我的木匠对雕刻，或者我的画匠对颜料知道的那么多。我当然知道《莫伯利》格律和押韵的表面粗率是多年努力的结果；如果你不能欣赏《高堡》的娴熟，你便不能欣赏《莫伯利》的简单。另一方面，当你觉察到精于其道之人的诗的高超和丰富多样，这首诗便显得是感性的肯定性记录。这是特定地方及特定时间的特定人物的经验集萃，它也是一个时代的文献，它是真正的悲剧和喜剧；用阿诺德那句老掉牙的话说，是对"生活的批判"。

我希望可以恰如其分地去讨论《诗章》和庞德的哲学。但我无意阐发这些事情，除了跟像我一样接受他的人。

我必须重申，虽然这一版本跟庞德的集子只在一个

---

[1] 依我之见，这是比本达（Benda）先生的《普罗佩斯》（*Properce*）更好的对普罗佩提乌斯的批评。我顺便说一下，正是庞德把本达引介到英国和美国来的。——艾略特原注

"普罗佩斯"（Properce）即"普罗佩提乌斯"（Propertius）的法语转写。——译者注

重要的方面——略去了《向塞克塔斯·普罗佩提乌斯致敬》——有所差别，责任完全在我。庞德依然不同意我的增补，故而单独置于本书末。另外，我没有仅仅因为自己不喜欢便略去有些诗。我未收录《良伴》，因为它并不值得那么受人喜欢，还会把读者从同一时期更好的作品带偏。我略去少数讽语和译诗，只是想把注意力集中于最佳者。还有我略去《普罗佩提乌斯》，因为我觉得读者最好在读那首诗或《诗章》前，形成对庞德诗的看法。《普罗佩提乌斯》可以在伯尼与里福莱出版的美洲版《面具》中，或者在个人主义者出版并可从费伯-格怀尔出版社购买的《因为我爱贫者》中读到。《有些长度的诗开端十六诗章初稿》由巴黎三山出版社出版。

T. S. 艾略特

辑一 面具

(1908，1909，1910)

树

我安静地站着，是树林中的一棵树，

知道前所未见的事物真相；

关于达芙妮[1]和月桂枝

以及那对享受上帝盛宴的老夫妇[2]

在荒原上种植榆树和橡木。

直到众神被诚恳地祈求，

并被带到心灵居所的壁炉前，

他们才会行使这般神迹；

我一直是树林里的一棵树，

理解了很多新事物，

而之前我却以为那是件蠢事。

1　达芙妮（Daphene），月桂女神，古希腊诸神中最美的女神之
一。她被丘比特的箭射中，拒绝了阿波罗的求爱，被变为月桂树。
2　另一个古希腊神话，一对老夫妇菲利门（Philemon）和巴
乌希斯（Baucis）款待乔装下凡的宙斯（Zeus）和赫尔墨斯
（Hermes），故去世时二位神为他们善终，将两位老人变为连理枝。

哀颂

我们不要再轻声叹息。
薄暮时分的风也不会扰乱我们。

看啊，那些苍白的死者！

我不再燃烧。
头顶上，那些空中盘旋的翅膀
也不再为我们拍打。

看啊，那些苍白的死者！

我不再受欲望的折磨，
我们握住彼此的手
也不再颤抖。

看啊，那些苍白的死者！

我们不再啜饮红唇之酒，
不再汲取知识。

看啊，那些苍白的死者！

不再激情四射，

我们不再去约会

（看啊，那些苍白的死者！）

在丁塔格尔。

桦树

我是一个憔悴而严肃的议员
凡事都聪明，年纪也大了，
但我已抛开愚蠢和冷漠
在这把年纪穿一件斗篷。

我曾经很强壮——至少他们这样说——
那些玩剑的年轻人；
但我已把这种愚蠢放在一边，开开心心
换了一种更适合我的方式。

我蜷缩在白蜡树的枝干间，
把脸藏在橡树下
用它的叶子盖住我，盖住
我所抛弃的老规矩的枷锁。

在马南奥塔宁静的水塘边
我找到了一位新娘
那是从前的一棵山茱萸，
她召唤我离开我的老路，
她平息了我对议会的怨恨，
还让我赞美她

唯有风在树叶间翻飞。

她把我拉离了老路，
直到人们说我疯了；
但我目睹了人间的苦楚，满心欢喜，
因为我知道哀号和痛苦都是罪恶。

我？我已抛开一切愚昧和悲哀。
我把眼泪包在菊花的叶子里
压在一块石头下
现在人们说我疯了，因为我抛弃了
所有的愚蠢，把它扔在一旁
离开了人们古老贫困的生活方式，
因为我的新娘
是一池树木，虽然
所有的人都说我疯了
我只是感到高兴，
非常高兴，因为我的新娘对我有大爱
比女人的爱更甜蜜
女人的爱恼人，上火，把你赶开。

嘿！我真的很快乐
　　非常快乐，我在这里独自拥有她
　　没人打扰我们。

从前我也曾混在年轻人当中……
他们说我很强壮，在年轻人当中。
从前有一个女人……
……但我已忘记……她是谁……
……我希望她不会再出现。

……我不记得……

我觉得她伤害过我一次，但是……
那是很久以前。

我再也不喜欢记东西了。

我喜欢一阵阵风儿吹过
在这白蜡树林里：
我俩独自相处
在白蜡树林里。

奇诺[1]

意大利坎帕尼亚，1309 年，乡间路上

呸！我在三个城市里歌唱过女人

但她们都千篇一律；

我以后要歌唱太阳。

嘴唇，词语，你捕获它们，

梦境，词语，如珠宝一般，

古老神奇的咒语，

乌鸦，夜晚，诱惑：

它们不是；

已然成为歌魂。

眼睛，梦境，嘴唇，夜晚离去。

再一次上路，

它们不是。

它们在塔楼里遗忘

我们曾为奔跑的风调制的韵律。

它们梦向我们，

轻声叹道："奇诺，

1　奇诺（Cino da Pistoia，1270—约 1336），意大利吟游诗人。

热情的奇诺，皱眉的奇诺，
快乐的奇诺，笑声尖脆的奇诺，
勇敢的奇诺，爱嘲讽人的奇诺，
脆弱的奇诺，族中最强壮的奇诺，
顶着烈日徒步走在老路上的奇诺，
真希望卢特的奇诺能在这里！"

一回，两回，一年——
她们含混说道：
  "奇诺？""哦，嗯，波隆尼的奇诺
  你是说那个歌手奇诺？"
  "啊，是的，一个无礼的家伙
  曾路过我们这里，但是……
    （噢，那些流浪汉都一个样），
    让人讨厌！那是他自己的歌吗
    还是他唱的别人的歌？
    而您，我的主人，您的城市好吗？"

可是您，"我的主人"，上帝怜悯您！
要是我把知道的都说出来，我的主人，您
不过是寸土都没有的奇诺，嗯嗯，和我一样
噢，你这个左撇子。

我在三个城市里歌唱过女人
但她们都千篇一律；

我以后要歌唱太阳。
……呃？……她们大都长着灰色的眼睛
但千篇一律，我以后要歌唱太阳。

太阳神啊，古老的锡盘，您
荣耀归属于如日中天的宙斯神盾，
钢青色的盾牌，我们头顶的天堂
有您灿烂的光辉！

太阳神啊，我们这些徒步行者
撒谎的流浪汉让您耻笑；
让您的光辉带走忧虑。
云朵和泪雨四散而去！

沿着刚刚铺好的通道，
行至太阳花园……
                              *
我在三个城市里歌唱过女人
但她们都千篇一律。

我将歌唱白鸟
在天堂蓝色的水域，
云朵是大海的飞沫。

奥狄娅女士

虽然你希望我倒霉

注：任何读过吟游诗人作品的人，都知道博恩的贝
特朗和蒙泰涅克[1]的圣母夫人的故事，也知道贝特朗
在她不愿意的时候唱的那首歌。在歌中，他为了让
她平等，向朗格多克地区的每一位出类拔萃的女士
乞求一些品质或美丽的相似：向希白琳乞求她的"含
情脉脉"，即充满爱意的目光，向爱丽丝乞求她奔放
的语言，向沙莱女子爵乞求她的喉和双手，向罗阿
考特乞求她像伊索尔德那样金黄的头发；即使是用
奥狄娅夫人的这种方式，"尽管她希望他会倒霉"，
贝特朗还是去寻求并赞扬了她躯体的轮廓。所有这
些只为成就"一位借来的女士"，意大利人将它译为
"一个理想的女郎"。

即使你对我不好，

　　　　　奥狄娅，奥狄娅

　　你胸衣的蕾丝从哪里开始

仿佛常春藤的手指

伸过它的缝隙，

　　　　　奥狄娅，奥狄娅

1　蒙泰涅克（Montaignac），法国西南部的一个镇子。

端庄，高挑，可爱又温柔

谁能给

          奥狄娅，奥狄娅

恰如其分的赞美？

用词语吻你！

      我转向

迈尔斯·德·本夫人

赞美了你的纤腰尺寸

腰带折回许多；

我呼吸不到希望

而你应该……

         不必去证明你自己

那样很不明智。

只说一句赞美你的话，姑娘，

只为你的绸缎

在台阶上荡漾，

只为你的纤纤玉体

没有一丝瑕疵

虽然你恨我，但请阅读这封

玫瑰和黄金之信。

或者等吟游诗人的故事讲到一半

会因赞美而爆出欢快的歌声

          "奥狄娅，奥狄娅"……

贝特朗，情歌大师，

你赞美高堡的贝特朗

启程吧，尽管你恨我

是的，尽管你希望我病倒，

奥狄娅，奥狄娅。

你的可爱已写在这里，

奥狄娅，

哦，直到你再来。

身体弯曲，满脸皱纹，轮廓

已不再完美，当青春

温暖的露滴冷冷地落在

你手上，你苍老的灵魂

嘲笑一扇歪歪扭扭的新窗，

因为错误的放置而发脾气，

发现大地的苦涩

一如现在的甜蜜，

如此年轻，如此美丽

那时只能在梦中出现，

那时我年轻而乖僻，

古老的骄傲被摧毁，

然后你会软化，

知道，我现在还不知如何，

你曾经是她

奥狄娅，奥狄娅

因为她的美丽人们原谅

奥狄娅，

奥狄娅

虽然你希望我倒霉。

催眠术

一只猫在雨水桶里。

——罗伯特·勃朗宁

哎，你竟然是这样的人！你这个老催眠师
把你的意思裹进七十层襁褓里，
需求之人须是早起之人
在虫子蠕动时逮住你。神奇的贴身衣！

"一只猫在雨水桶里！"思想在你的诗歌桶里，
把这件事讲给我们，然后我们会信你，
你，鲍勃·勃朗宁大师，别在意你的衣着
振作起来，像我们一样赞美别人。

你气喘吁吁，如同脑袋冰凉扁桃体发炎的卡利俄珀[1]，
可是上帝啊！你在我们的内心看到了什么
疯得像个帽匠，但肯定不近视，
辽阔如海洋，斜向人的内心。

那颗心大得像维苏威火山的肠子，
词语张开翅膀，如同她喷发时的火花，

---

1 卡利俄珀（Calliope），古希腊神话中掌管英雄史诗的缪斯。

电闪雷鸣，如同木星朱庇特，

在你的风中隆隆作响，掠过所有腐败的迹象。

这是给你的，带着口音的老嘻哈，

为真而真，手艺高超的解剖者，

你肯定握住了黄金，没必要

把硬币装进你的短诗。

       眼光明晰的选民！

我歌唱书籍和名胜

你的那些歌?

　　　　　　噢,年轻的母亲们

会在薄暮里唱起,

当夜幕降临

收缩黎明之吻

爱并杀戮,

什么时候,燕子填满

她的音符,小兔崽们

有些人称之为孩子,

起床,晃悠,

将你的诗句一起笑吟,

为一天的事情穿上鞋子,

严肃的儿童事情,遭到世人

嘲笑,变得陈腐;

故事就是这样

——你的诗歌——生活的一部分。

我的?

　　他们所了解的那本书

　　也是这样解读。在我的长篇大论中

列出了公众。好吧，几十年后
看看我的观众
就像我们昨天看到的那样。

骨瘦如柴，戴着眼镜，鞋都破了，
如同这世界所感知的这个人
对饕餮盛宴的诅咒
对红色贪婪的持久沉迷
虽然，它应当为了自己的所得
全速奔跑，
却转到一边去讥笑
因为他
没钱，没人会去抢夺贪欲之神的
残羹

这样的男人，女人都避之不及
烟灰撒在他外套上
他的喉咙
显出剃刀的不熟稔
三天的胡须；

他从地摊上捡起
丢了封底的书籍
太廉价了，无法编入目录，
他说，

"啊——呃！奇怪而罕见的名字……

啊——呃！他一定很罕见，即使我没有……"

中间还丢了一页

这样的年龄

当他原谅这个习惯时，

他分析形式和思想，看我

如何逃避永生。

伊索尔德[1] 赞

我努力教导我的灵魂敬拜
    却徒然；
我对他说："很多歌手比你伟大得多"
    亦是徒然。

而他的答案来了，如风，如琴声，
如夜里微弱的哭泣
让我辗转难眠，不停地说
        "歌，一首歌。"
它们的回声在暮色中回荡
永远在寻找一首歌。
看哪，我因劳碌而困乏，
又因多路的绕行
让我两眼通红蒙尘。
然而，在暮色中，我身上一阵震颤，
    小红精灵哭喊着"一首歌"，
    小灰精灵哭喊着"一首歌"，
    小棕叶的话语哭喊着"一首歌"，

1　伊索尔德（Ysolt）即 Isolde，庞德采用的古法语形式如今通常拼写为 Iseult。伊索尔德是王后，其与骑士特里斯坦（Tristan）之间的浪漫悲剧故事自十二世纪以来在西方流传极广。

小绿叶的话语哭着要一首歌。
话语就像叶子，春天枯黄的叶子，
不知吹往何处，寻找一首歌。

白色的话语像雪花，但它们是冰冷的，
青苔的话语，嘴唇的话语，缓慢溪水的话语。

我努力教导我的灵魂敬拜
　　　却徒然。
我对他的恳求亦是徒然：
"还有比你更伟大的灵魂。"

在我年幼时，出现过一个女人
　　如召唤的月光
　　如同月亮召唤潮汐，
　　　　"歌，一首歌。"

我为她作了首歌，她就离我而去
　　如同月亮离开大海，
但还是传来叶子的话语，小棕精灵的话语，
说："灵魂派我们来。"
　　　　"歌，一首歌。"
我徒劳地向它们呼喊："我没有歌可唱
我所歌唱的她已离我而去。"

而我的灵魂派来一个女人，一个神奇的女人，

她像松林上的火一样哭喊：

　　"歌，一首歌。"

如同火焰向树汁哭喊。

我的歌因她燃烧，而她却离我而去

如同火焰离开余烬，她去了新的森林。

而歌词和我一起，

　　不停地哭喊："歌，一首歌。"

而我"无歌可唱"，

直到我的灵魂派来太阳一样的女人：

如同太阳呼唤种子，

如同春天呼唤树枝，

她就这样来了，歌唱之母，

她的眼里闪着神奇的话语，

那精灵般的话语

　　永远在呼唤我：

　　　　"歌，一首歌。"

我竭力教导我的灵魂敬拜，

　　却还是徒然。

什么样的灵魂会敬拜

　　当你在他的心里？

关于埃古普托斯 [1]

我，甚至我，就是他，知晓那些道路
穿过天空，风是我的身体。

我见过生命的女神，

我，甚至我，和燕子一起飞翔。

她的衣服是灰绿色的

在风中翻飞。

我，甚至我，就是他，知晓那些道路
穿过天空，风是我的身体。

手画出精神

我的笔在我手中

写出可接受的词语……

我的嘴唱出纯洁的歌！

谁有嘴接受它，

---

1 埃古普托斯（Aegyptus），古希腊神话传说中的古埃及国王，
埃及国名即出自其名。

79

库米的莲花之歌?

我，甚至我，就是他，知晓那些道路
穿过天空，风是我的身体。

我是太阳中升起的火焰，
我，甚至我，和燕子一起飞翔。

月亮在我的额上，
风儿在我的唇下。

月亮是蓝宝石海水中的一颗大珍珠，
冰凉的水波流过我的手指。

我，甚至我，就是他，知晓那些道路
穿过天空，风是我的身体。

故而在尼尼微 [1]

哎！我是个诗人，在我的墓上
少女们撒下玫瑰叶
男人们撒下桃金娘，在夜晚
用她的黑剑杀戮白天之前。

看哪！这东西不是我的
也不是你的，不会妨碍，
这一习俗由来已久，
这里在尼尼微，我亲眼所见
许多歌手经过，取代了他的位置
在那些昏暗的大厅里，无人打扰
他的睡眠和歌唱。
许多人唱过他的歌，
比我更熟稔，更用心；
如今许多人都以花之风
胜过我波浪冲刷的美。
但我是个诗人。在我的墓上
所有的人都将撒下玫瑰叶子
在夜晚用她的蓝剑

---

1 尼尼微（Nineveh），古代两河流域亚述（Assyria）城市，庞
德此诗构想当时为诗人举行的葬礼。

杀戮光明之前。

"不是因为，拉娜，我的歌最嘹亮，
曲调比谁都更甜美，而是因为
我在这里是个诗人，啜饮生命
如同低微之人啜饮酒浆。"

白牡鹿

我在云间的石楠丛中见过它们。
看啊！它们停下来，不为爱情或悲伤，
它们的眼睛，好像少女望着情人，
当白牡鹿出而破蔽
白色的风吹而破晓。

"我们正在狩猎白牡鹿——声名，
让世界的猎狗听到号角就来！"

奎多这么邀请你[1]

我丢下拉珀,还有但丁
看啊,我只想和你去大海远航!
不要和我说情话,不要弹奏贱买的乐曲,
我的是船,你的是货,
全世界都瞎了,对这次冒险毫无所知
你呼唤去那里,我也呼唤去那里。

"看啊,我见你带着梦想跳跃,
看啊,我知你心和它的愿望;
所有的生命,我的海洋,人类的河流
都融于其中,如同祭坛的火焰!
看啊,你还未出航!船是我的。"

---

1 出自但丁的十四行诗《奎多邀请……》。

眼睛

休息吧，主人，我们已万分疲惫。
感觉那风的手指
搭在我们的眼睑上
又湿又重。

安息吧，兄弟！黎明在外面！
黄色的火焰暗淡
蜡烛越燃越短。

给我们自由吧，外面有美好的色彩，
林苔青绿，花朵鲜艳
还有树下的凉意。

给我们自由吧，在这无尽的单调中
我们会灭亡
丑陋的黑色印痕
在白色的羊皮纸上。

给我们自由吧，有那么一个人的
微笑，比你书本中
所有古老的知识更有用：
我们会凝望。

弗兰切斯卡 [1]

你在夜里走进来

手里捧着鲜花，

而今你将走出混乱的人群，

走出关于你的传言。

我曾见你在元初物中

当他们在寻常处提及你的名字

我怒不可遏。

我宁愿清凉的海水漫过我的额头，

而世界干燥如一片枯叶，

或一颗蒲公英的种子，被波浪卷走，

那样，我也许会独自

再遇见你。

---

1 弗兰切斯卡（Francesca），十三世纪意大利贵妇，因与其夫
之弟的恋情而被杀害。她出现在但丁《神曲》中，也是前拉斐尔
派画作中的美女人物。

小谣曲

光明成为她的优雅，并居于其中
失明的眼睛，人形的影子；
看啊，光明如何把我们融化成歌：

破碎的阳光洒落她的头盔
她把我的心囚禁。
野树林里从没有灰棕或赭黄出没
如此寂静的光亮；没有蛛丝纺线
她如此娇嫩，当太阳
把清澈的绿宝石从混合的草里赶出来
生怕它们过快干枯，在她所到之处。

阿普列尤斯[1]金书里的灵魂说辞

整夜，风停在柏树
之间，他躺着
无人抱我，空气轻轻
擦过，花瓣正在凋零
晃动，似乎并未落到地面，所以他
轻如树叶在我头顶盘旋
比空气更接近我，
音乐在我身体里流淌，仿佛打开了
我的眼睛，看见新的颜色。
啊风啊，什么样的风比得了他的重量！

1　鲁齐乌斯·阿普列尤斯（Lucius Apuleius，约 124—约 189），
古罗马作家，生于北非马达乌拉城，出身豪门，其最著名的作品
是《金驴记》。

正逢其时

"谢谢您，不管会发生什么。"然后她转过身去
花儿低垂，风把它们吹散，转瞬即逝，
曾照耀它们的阳光
也变得暗淡。不，不管发生什么
刚过去的一小时阳光明媚，最高之神
也没什么更好的东西
比端视那过去的时辰更值得夸耀。

罗马

译自约阿希姆·杜·贝莱法文本

> 特洛伊罗马将会崛起。
>
> ——普罗佩提乌斯

噢，在罗马寻找罗马的后来人
在罗马找不到你能称之为罗马的东西；
拱门破旧，宫殿荒芜，
城墙里只有罗马的名字在守护家园。

看哪，让天下臣服于她的法律之下
必致傲慢与败坏，
曾经所向披靡，如今却被征服，因为
她是时间的猎物，而时间吞噬万物。

罗马，是罗马最后的一座纪念碑，
罗马自己征服了罗马城，
台伯河孤独，短暂，弯向大海，
罗马的遗迹。哦，世界，你这无常的哑剧！
你心中坚定不移的，会被时间打倒，
万物飞逝，比时间还快。

让我们满足

如果我逐字知道了你的演说，

如果你也知道我知道它们，你还会说吗？

如果我逐字知道了你的演说，

你在说出它们的时候，我说，

"看哪，有一个人垂下她美丽明亮的头，

就像你在金玉良言中叹息一样。"

或者，当我们的笑声相互交融，

破碎的嘴唇断断续续地喘息，

如果我的思想在它们所及之处转向

在它们中间窃窃私语，"死去的美人

一定知道这样的时刻，在草地上思索；

白色的山茱萸在头顶呢喃

明亮欢愉的日子！"

如果你喉咙里低沉而悦耳的声音

如同琴弦上模糊的谐音

模糊的故事让我失明，一个接一个

随我们老套地讲述的次数；

如果我逐字知道了你的笑意

在你的欢愉中也找不到什么新东西？

金碧辉煌的房子

这里是伊凡妮的家，
房子不是用人的手，
而是用尘世之外的方式建成，
四处都是黄金，上面，周围，镶嵌在里面；
金色的过道和墙壁，奇异而时尚。

我看见我的女人在阳光里，
长发散落，仿佛翅膀一样，
背景是发红的阳光。

我在她的房子里见过她，
六颗硕大的蓝宝石挂在墙上，
下面是雕花护墙板，和她膝盖齐平，
而她的袍子用淡淡的金丝织就。

很多金光灿灿的房间，
深嵌金丝花纹的墙壁，
打制的工艺品；
紫红色宝石放置在织物上
透过镀金的光线。

我为爱她而必然来此，

望着我的恋人

让我明白，这里面充满力量

由她灵魂的美德操控，

推倒挺立的时间的四面方墙。

火焰

这不是一场成双捉对的游戏，

普罗旺斯知道的；

也不是一场以物易物的游戏，土地和房子，

普罗旺斯知道的。

我们的智慧超越你们的想象，

畅饮我们的不朽时光；我们"穿越"。

我们已越过你们的束缚和边界，

普罗旺斯知道的；

所有关于奥伊辛[1]的故事都提到：

那个人穿越时光之网。

那里的时间被压缩成时间的种子

永恒的我们，在那光明中

透过面纱相会，耳语着爱情。

啊，黑暗世界的烟雾和阴影，

这些，还有其他我们所知的一切。

这不是一场成双捉对的游戏，

也不是一场以物易物的游戏，土地和房子，

不是白天和黑夜，不是烦恼的岁月；

---

1 奥伊辛（Oisín），即莪相，凯尔特神话中的古爱尔兰著名的
英雄人物。

不是凹陷的面颊，也不是秀发变白；

精美的音乐，清晰的光线

在那里，时间以永恒的余烬燃烧回来。

我们不会被关在千座天堂之外：

看哪，我们已见过如此众多的神，

神秘而时尚，辉煌之地，

绿柱石和翡翠打造的舷墙。

湛蓝的贝纳库斯[1]，在你的迷雾里，你

大自然本身变得形而上，

谁会不相信这蓝色呢？

你帽形的猫眼石，你永恒的珍珠，

你是闪亮地板的黑暗秘密

了解你各样的心情，我知道你是我的；

如果我的灵魂已与尘世

合二为一，受缚于其中，

你可以在那里找到我，哦，焦虑的你，

你在我的门前呼唤迷失的我；

我说我的灵魂回流，变得半透明。

爱啊，不要摸索我的嘴唇，放开我的双手，

这个像人一样移动的东西，已不再是凡人。

1　贝纳库斯（Benacus），意大利最大的湖泊加尔达（Garda）
之神，常用来代指加尔达湖。

如果你见过我毫无个性的影子，

如果你见过那面所有时光的镜子，

那镜子映照它周围的一切，

不要喊那个镜中的我，我已从你的手中

滑落，我躲开了。

幸福时光刻铭

当我远走高飞，这美将会如何
席卷而来，吞没我心！

当我俩头发灰白，这些时光
将化为宝蓝色的潮水，将你我淹没！

祭坛

让我们在此建立精致的友谊，
火焰，秋天，爱的绿玫瑰，
它们在此结束了争斗，这是奇迹之地；
这一切发生，皆得其宜，此地神圣。

辑二　回击
(1912)

献给威廉·卡洛斯·威廉斯

我会献给珀耳塞福涅，作为我最大的礼物。[1]

——普罗佩提乌斯

1　出自普罗佩提乌斯《挽歌》第2卷第13节："我的葬礼会足够壮观，只要三本小书伴随我；我会献给珀耳塞福涅，作为我最大的礼物。"

位于阿克恰尔 [1] 的墓

"我是你的灵魂，尼科普提斯，五千年来
我一直在看，而你死了的眼睛
一动不动，从不回应我的欲望，
你轻盈的四肢——我带着火焰跳跃其中——
并不随我或任何番红花色的东西燃烧。

"看，青草长出来做你的枕头，
用上万个草茎舌头去吻你；
而你不吻我。
我已经读出墙上的金字，
对着那些符号殚竭思虑。
这整个地方没新的东西。

"我一直和善。看，我让罐子密封，
怕你醒来会为你的酒啜泣。
袍子我全平整地留你身上。

"噢，你无心！我怎能遗忘！

1　庞德此诗反映出他读过巴奇（E. A. Wallis Budge）著《死亡者书》（*The Book of the Dead*）和《埃及法术》（*Egyptian Magic*），但阿克恰尔（Akr Çaar）和尼科普提斯（Nikoptis）二名来源不详。

——即便那很多天前的河流，
河流？你那时太年轻。
三个灵魂来到你身上——
我也来了。
我流进你体内，把它们赶走；
我和你亲密，知道你的习惯。
我还没碰过你的手掌和指尖，
流进去，流遍全身，到脚跟？
怎么进来的？我难道不是你？

"没有任何阳光把我安置于此，
在这多刺的黑暗中我被撕碎，
没有光线照到我，日复一日
而你一言不语。

"噢！我可以出去，尽管有标记
以及门上他们那些狡猾的活计，
出去，穿过玻璃绿的田野……
                    *
然而这里却很安静：
我不走。"

一位女士的肖像 [1]

你的心灵和你是我们的马尾藻海，

这二十年来伦敦就围绕着你涌动。

明灿的船只留下这个那个作酬谢：

观念、旧闲言，各式各样的零碎，

知识的奇异桅杆，值钱的失色货。

伟大的心灵寻觅你——缺乏别的人。

你历来都是老二。悲剧吗？

不。你更喜欢它，不要那寻常物：

一个无趣的男人，无聊而且惧内。

一个平庸的心灵——每年少个想法。

啊，你多耐心，我见你一坐就是

好几个小时，期待有东西浮上来。

现在你酬报人。对，你丰厚酬报。

你是有些趣味的人，人们来找你，

带着奇异的收获离开：

捕捞到的奖品；一些诡异的暗示；

引向死路的事实；还有故事一二，

蕴含毒茄参，或者别的什么东西，

可能会有用，但从来不见其有用，

---

1 这首诗庞德采用的是五音步抑扬格的无韵体格式。

103

从不适合一隅，展现出有何用途。
或是在岁月的纺织机上找到其时：
黯淡、俗艳、妙趣横生的旧出品；
偶像和龙涎香以及稀罕的镶嵌物。
这些是你的财富，你的巨大宝库；
虽然有这些会凋零的物品的海藏，
半浸的异木林，更明灿的新事物：
在光芒和幽深交错的舒缓浮动中，
不！什么也没有！在整个一切中，
没什么算是你的。
然而这就是你。

纽约

我的城市，我的挚爱，我的白色！啊，纤细者，
听！听我的，我要用呼吸给你一个灵魂。
轻柔地在簧管上，等我！

我现在知道我疯了，
因为这里有上百万人和车辆一起攒动；
这绝非女仆。
即便有簧管我也不能吹奏。

我的城市，我的挚爱。
你是没有乳房的女仆。
你像银簧管一样纤细。
听我的，等我。
我要用呼吸给你一个灵魂。
然后你便永生。

少女

树进入我的双手，
汁液升上我的双臂，
树长进我的胸怀——
向下，
枝条从我身上长出，如手臂。

树是你，
苔是你，
你是上有微风的紫罗兰。
一个孩子——这么高——你是，
而这一切对于世界都是蠢事。

"那豆形舟"

你们看到的这种混凝纸，我的朋友们，
说它最适合编辑们。
它的心在"七十年代"就定了，
自此从未变过那种混配。
它尽力代表那个使毛布椅子
达到如此完美的思想流派。
萧伯纳可怕的恫吓也不能
震动其信念的死水潭；
不，即便整个世界不死之音
只为刺激它而再度发声，
它也不会从左到右移动一丁点。

如果美之神赤脚从环岛来此，
她会在这个东西确定的体面和行为中
为圣安东尼找到一个楷模。

一个客体

这东西有准则，无核心。
在可能有情感处
才会相识。现在没什么
扰乱他的反省。

静谧

这是我们古老爱情的又一段。
经过然后沉默，鲁卢斯，因为自从
这位女士过世，日子便缺乏某种东西；
缺乏某种东西。而那微不足道。

航海者

出自盎格鲁–撒克逊语本[1]

我能否为自己考量歌的真，

旅程用语，我在艰辛的日子里

如何经常承受困难。

苦涩的胸忧我忍受了，

在我的龙骨上领教许多忧虑的侵扰，

以及可怕的海涌，我常在那儿

靠近船头，惊险地守夜，

而她依附悬崖颠簸。寒气袭来，

我的双脚被霜冻麻了。

寒冷，那链条；难受的叹息

在我心中骚动，饥饿

催生厌水的情绪。陆地上

过得好的人可能不知，

听一听我，忧戚，在冰冷的海上

如何熬过冬天，悲惨落寞

远离我的亲人，

以坚硬的冰片为伴；纷纷飞来，

我什么也没听到，除了凄厉的海

1　盎格鲁–撒克逊语（Anglo-Saxon）即古英语，《航海者》是古英语中的名篇。

和冰冷的波浪，偶尔有天鹅鸣叫，

为我助兴，如同塘鹅喧闹，

海鸟，叫声对我就是笑声，

小鸥的歌唱是我的清醑。

风暴掠过石崖，冰羽般

落到船尾上；老鹰不停尖叫，

浪花打到羽翼。

没有任何保护者

能让穷困的行人快乐。

住在城里，生活安逸者

富足酒饱，不会觉得

这是什么艰难的事情，

而我却常得在咸水上困待。

夜影临近，北方来雪，

霜冻大地，雹落陆上，

最冷的颗粒。然而心思

悸动，我在激流上

独自穿越盐浪的汹涌。

我心的欲望呻吟，

催我前行，由此及远，

寻觅域外家园。

尘世中没人无论心气何其高，

禀赋有多好，年轻时都有贪婪；

无论行为多勇敢，国王多守信，

航海总会有忧虑，

主的意愿如何。

他无心弹竖琴，戴指环，

讨女人欢喜，让世人愉悦，

一点都不；但海浪冲击，

他有在水上行进的渴望。

林木开花，浆果丰美，

田野绮丽，陆地更新，

这一切告诫心急的人，

心向往旅行，他想到

远行的潮道。

大杜鹃叫声悲凉，

他向夏天歌唱，预示痛楚，

苦涩的心血。城里人不知——

他是运旺的人——有些人

浪迹最远方，干什么事。

现在我的心从我的心锁进出，

我的情系于海潮，

会在鲸域上广游。

急切未厌，孤独的翱翔者

常鸣叫着从陆地的庇护向我飞来，

不可抗拒地激发我心奔向鲸径，

越过海洋的路途；既然我的主

给我这死寂的生活，

让我寄生陆上，我不信

陆上会有永恒的财富，

倒是会有些灾难

在一个人的潮水退去之前，让它翻番。

疾病、衰老或剑仇

把呼吸从末日笼罩的身体里赶出。

为此，每个人，后来说话的那些——

赞美活着的人，夸口说着最后的话，

他辞世前一直劳作，

在美丽的大地上，用他的敌意来对抗敌人，

勇敢的行径……

那么此后所有人都会敬仰他，

对他的传颂会在英格兰人中延续，

对，永远，一生的风暴，

勇者中的欣悦。

岁月不恒常，

尘世财富的所有骄横，

如今不再有国王或恺撒。

不再有昔日赏赐黄金的君主。

无论欢欣何其盛大，

无论在生活中如何君临，

这一切卓越黯淡，易逝的欣悦！

守望式微，世界克制。

坟茔隐藏灾祸。利剑几经放下。

尘世的荣耀衰老，枯竭。

但凡世人行走尘世，

年龄便与他作对，面庞褪色，

头发灰白，他呻吟，知道同伴已逝，

高贵的人们，被埋入黄土，

生命停止的人，肉体无须再遮掩，

再也品尝不到美味，再也感受不到忧愁，

手不再挪动，心不再思量，

即便他给坟墓撒上黄金，

他的亲手足，他们已埋的肉体

也无法成为宝藏。

罩衫

你保持你的玫瑰叶
直到玫瑰时间结束，
你以为死亡会亲吻你？
你以为那黑暗之屋
会给你找个情人
如我？新的玫瑰会怀念你吗？

宁要我的罩衫，不要尘土的，
它掩盖住往昔，
你应该怀疑时间
而不是我的眼睛。

多利亚 [1]

在我体内如凄厉的风
　　　　　永恒的情绪，而非
如过眼的东西——
　　　　　花朵的快乐。
在没有阳光的悬崖
　　　　　和灰暗的水
强烈的孤寂中拥有我。
　　　　　让神在以后的日子里
轻柔地诉说我们，
奥克斯 [2] 幽暗的花朵
　　回忆起你。

1　希腊语多利亚（Δώρια）指礼物，可能指庞德未来的妻子多萝西·莎士比亚。
2　奥克斯（Orcus），古罗马神话中的阴间之神，专事惩罚背弃誓约者。

她出现了

金黄，房屋升起；在过道中我看到
你，一个奇迹，镌刻在微妙的物质里，
一个征兆。生命在灯光中衰弱，闪烁，
　　　　　被这奇迹捕捉。

绛红，带着露霜，玫瑰在远处弯曲
那里你在明媚的阳光中移动，
畅饮大地的生命，空气，你周遭
　　　　　金黄蔓延。

青绿，道路，那里的田野有你的气息，
开阔，陆地，然而你敢面对
钢铁般的行进，而可怕的以太[1]
　　　　　在你面前分叉。

勇气中有机敏，你在黄金的壳中
甩开身躯的罩衫，径直
走来，你的黄鹂闪亮，惊愕的光芒
　　　　　在你身边隐退。

――――――
1　以太（æther），古希腊神话中奥林匹斯神界以下的世界。

半个雕刻的肩膀，喉咙闪耀

环绕编入的光束，万物中

最美丽，脆弱的雪花石，啊我！

    迅速离开。

装束在淡金色的质地中，精致完美，

逝去如风！魔术手的布料！

你，柔弱之物，即便有些狡猾

    你是否敢穿它？

针

来，否则星光之潮便会溜走。
向东，避免它隐退的时辰，
现在！因为针就在我灵魂中颤动！

在此我们占地利和天时
在此我们都风光过，你和我。
现在来，在这支撑我们的力量
转向极地之前。

不要嘲笑星辰的洪流，它即将来临。
啊爱，现在来，这方土地慢慢变得邪恶。
波涛迫近，很快又会远去。

宝藏是我们的，我们尽快见到陆地。
我们行动，赶上潮流，它的方向，
等待
在中性力量下
直到这一航线偏离。

在海下

它既存在，又不存在，我还清醒，
自从你来此地就环绕着我翱翔，
这种由秋玫瑰编成的织物，
然后有淡金色，不同。

人在这些同样脆弱的东西中摸索
海藻伸起，伸出，
在底波舒缓的淡碧奔涌下，
在这些比其名更古老的东西中，
它们是神的密友。

沉落

我会在奇异中沐浴自己：
堆在我身上的这些舒适，淹没我！
我燃烧，我灼热，如此求新，
新朋友，新面孔，
各地！
噢，脱离此，
我要的不过如此
——除了新意。

而你，
爱，很想，更想你！
我难道不讨厌所有围墙、街道、石头，
所有沼泽、细雨，所有迷雾，
所有交通路径？
你，我要你流过我的身体，如水，
噢，只要远离此地！
青草，低田和山冈，
以及阳光，
噢，充足的阳光！
出去，独自置身于
陌生人中！

处女琴

不，不！从我身边走开。我最近已离开她。
我不想因光芒式微败坏我的鞘套，
环绕着我的空气有一种新的轻盈；
她的臂膀纤细，却紧紧地捆住了我，
给我披上罩衫，如同一层以太薄纱；
如同甘美的叶片；如同微妙的清亮。
噢，我已在她的附近找到了魔法
把她身上的东西一半裹在我的身上。
不，不！从我身边走开。我还有那味道，
轻柔如从桦木荫影中吹来的春风。
嫩芽碧绿长出，尽在枝条中的四月，
正如她以灵巧的手止住冬天的伤口，
从那些树木中得到了相似的气味：
洁白宛如树皮，女郎的时光洁白。

潘¹死了

"潘死了。伟大的潘死了。
啊！低下你们的头，所有姑娘，
给他编织个花冠。"

"叶子中没有夏天。
枯萎了，这些莎草；
我们怎么编织花冠，
或者收集花的誓言？"

"那么我便不能说，女士们，
死亡一直是个莽汉。
我便不能说，女士们。
他怎么能给个理由，
说他把我们的主人弄走了
在这空洞的季节？"

---

1 潘（Pan），古希腊神话中的牧神。

神！把她造得

出自夏尔一世 [1]

神！把她造得那么好，看，

她有多美多俏丽；

她有超凡的魅力

所有人都准备酬谢她。

谁能把他从她身边分开

当她身上总是有新的魔咒？

神！把她造得那么好，看，

她有多美多俏丽。

从这儿到大海边，

从少妇到少女，完美的魅力

没有谁能和她相比。

对她的想念是梦的境域：

神！把她造得那么好，看她。

1　夏尔一世（Charles d'Orléans, 1394—1465），奥尔良公爵（duc d'Orléans），法国历史上最伟大的宫廷诗人之一，以其囚于英国期间所作诗著名。

图画 [1]

这位死了的女士的眼睛对我诉说，

这里有爱，不可淹没。

这里有欲望，不可吻去。

这位死了的女士的眼睛对我诉说。

---

1 《卧着的维纳斯》，雅各布·德尔·塞拉约（Jacopo Del Sellaio，
1442—1493）画作。——庞德原注

关于雅各布·德尔·塞拉约

这个男人真懂爱的奥秘，
不懂的人没哪个能画这种东西。
现在她走了，他的爱神，
而你在这儿，我的"岛群"。

这点东西比整个东西更为持久：
这位死了的女士的眼睛对我诉说。

回来

看，他们回来；看那尝试性
运动，还有缓慢的脚步，
步伐中的毛病，不确定的
摇摆！

看，他们回来，一个接一个，
带着恐惧，半醒半睡；
仿佛雪应该犹豫
在风中低语，

      然后折回，
这些是"以敬畏为翅膀者"，不可侵犯。

翼鞋之神！
伴随他们的是银色猎犬，

      嗅着空气的踪迹！

嗨！嗨！

      这些是迅捷攻击者；
他们嗅觉敏锐；

他们是鲜血之魂。

慢些牵绳，
　　　　苍白的牵绳人！

炼化师

金属嬗变颂

克劳斯特拉的赛尔，爱丽丝、阿扎莱斯 [1]，

你们在鲜亮的树中穿行时；

你们的声音，在天堂的落叶松下，

清越响起时，

克劳斯特拉的赛尔，爱丽丝、阿扎莱斯，

莱蒙纳、提伯斯、贝朗热尔，

在天空的暗光下；

孔雀喉夜幕下，

带来番红花色贝壳，

带来枫叶的绛金灿，

带来秋日桦树之光，

米拉尔斯、希白琳、奥狄娅，

　　　　　　记住这烈火。

伊莱恩、提雷斯、阿尔克墨涅 [2]

1　克劳斯特拉的赛尔（Saîl of Claustra）、爱丽丝（Aelis）、阿扎莱斯（Azalais）都是中世纪女性，下文提到的其他人物大多同样如此。庞德在此像炼化术一样以人名为咒语，将诗和巫术及神圣仪式联系起来。

2　阿尔克墨涅（Alcmene），古希腊神话中英仙座珀尔修斯的孙女，也就是宙斯的重孙女，底比斯国王安菲特律翁之妻，被宙斯诱奸后生下大力神赫拉克勒斯。

在小麦的银色絮语中，

阿格拉狄瓦、安赫斯、阿尔登卡；

从这李子色的湖，在静默中，

从水溶化了的染料中

带来火的锃亮本性；

布芮赛斯、利亚诺尔、洛伊嘉，

从广阔大地和橄榄，

从泣落琥珀的杨树，

借着渔火明亮的光焰

　　　　　　　记住这烈火。

米东斯，带着太阳之金，杨树之叶，借着琥珀之光，

米东斯，太阳之女，树木之干，叶片之银，琥珀黄之光，

米东斯，太阳之赐，光芒之赐，太阳琥珀之赐，

　　　　　　　给金属光泽。

罗阿考特的安赫斯，阿尔登卡、艾梅里斯，

从那洁白，活在种子里，

从蓓蕾之热，

从秋日叶片的红铜

从枫树的青铜，从树干中的汁液

利亚诺尔、约安娜、洛伊嘉，

凭借鳍翅的搅动，

凭借沉睡在水的灰碧中的鳟鱼；

万纳、曼戴塔、维埃拉、阿洛戴塔、皮卡尔达、曼努

埃拉

从红铜的赤光，

伊索、伊多纳，树叶轻柔的絮语，

维尔纳、乔瑟琳，精神勇猛，

凭借抛光红铜之镜，

噢，柏树女王，

从厄瑞玻斯，这平坦的广阔中，

延伸到世界之下的气息中：

从厄瑞玻斯[1]，躺在世界之下的空气的平坦废域中；

从棕色的叶棕色的无色之中

带来不可感的凉爽。

伊莱恩、提雷斯、阿尔克墨涅

静默这金属！

让幽灵抛开他们的恐惧，让他们以火抛开他们的水
  性躯体。

让他们换上玛瑙的乳白躯体。

让他们聚拢金属的骨骼。

赛尔瓦基亚、基斯卡达、曼戴塔，

水上的金雨片，

水的蔚蓝，水的银片，

阿尔西安，裴东纳，阿尔克墨涅，

---

1 厄瑞玻斯（Erebus），古希腊神话中的混沌之神卡俄斯之子，
永久黑暗的化身。

银的灰苍，拉托纳的灰淡光泽，
凭借这些，使之免受露水的恶意，
　　　　守护蒸馏器。
伊莱恩、提雷斯、阿洛戴塔
　　　　静默这金属。

辑三　净化礼

释义：净化，监察官们在五年任期满时，为所有人的罪所做的奉献仪式。

——《初级拉丁词典》，查尔顿·T. 刘易斯编纂

薇尔·德·冷库尔[1]
献给她这本惬意的小书

日子不够丰满

夜晚不够丰满

生命溜走，像一只田鼠

不摇动草叶。

---

[1] 薇尔·德·冷库尔（Vail de Lencour）是英国作家及文学沙龙女主人布里吉特·帕特莫（Brigit Patmore，1888—1965）所用假名。下面紧接着的拉丁语献词直接引自卡图卢斯（Catullus，古罗马诗人）。

争端

人们会接受它们吗？
      （这些歌）
作为羞怯的姑娘，躲避人头马
      （或百夫长）
她们已经在逃，恐怖中号叫。

她们会被逼真触动吗？
      她们的处女傻劲不可诱惑。
我求你，我友善的批评者，
      别特意为我争取听众。

我在礁石上与我自由的同类为伴；
      隐匿的幽处
已经听到我脚跟的回响，
      在清凉的光中，
      在黑暗里。

阁楼

来，让我们怜悯那些比我们更富裕的人。
来，我的朋友，记住
　　富人有管家，没朋友。
我们有朋友，没管家。
来，让我们怜悯结了婚的和没结婚的。

黎明迈着小脚进来
像个镀金的巴甫洛娃[1]，
我靠近我的欲望。
生活中没有什么
比此刻明朗的清凉更好，
　　一起醒来的时刻。

1　安娜·巴甫洛娃（Anna Pavlova，1881—1931），俄罗斯古典芭蕾舞蹈家，第一位开启世界巡演的芭蕾舞艺术家，尤以其编舞的《天鹅之死》著名。

起来

我怎样劳作？

怎样不劳作

让她的灵魂诞生，

给这些元素一个名字，一个中心！

她美如日光，如流水。

她没有名字，没有处所。

我怎样劳作让她的灵魂分离；

给她一个名字，给她存在！

你当然受困，纠缠，

你与未诞生的元素混合；

我爱一条溪流，一个影子。

我恳求你进入你的生活。

我恳求你学会说"我"，

当我问你；

因为你不是部分，而是整体，

无可分割，一个存在。

致敬

噢，彻底得意
　　彻底不惬意的一代，
我看到渔民在太阳之下野餐，
我看到他们带着邋遢的家人，
我看到他们的笑容满是牙齿
　　听到他们粗放的笑声。
而我比你幸福，
他们比我幸福；
鱼儿在湖水中游
　　连衣服都没有。

春天

> 春天，基多尼亚。
>
> ——伊比库斯[1]

基多尼亚的春天带着她的随从，

果树仙女，溪水姑娘，

从色雷斯，顶着喧闹的风漫步

这片森林

传播鲜亮的细梢，

每一藤蔓

都披上了光芒。

   狂野的欲望

像黑色的闪电降临。

啊，困惑的心，

尽管每一枝条都复得去年之所失，

她，曾在仙客来中走动的她

如今，只是弱不禁风的幽灵。

1　伊比库斯（Ibycus），公元前六世纪古希腊诗人。

雪花石

穿着白色浴袍的女士，自以为穿着霓裳，
现在是我朋友的情妇，
她的小白狗的精致的小白脚
并不比她更精致，
戈蒂埃不会轻视两者白色的对比：
她坐在大椅子上
在两支慵懒的蜡烛之间。

合约

我和你休战，沃尔特·惠特曼——
我讨厌你够久了。
我来看你，作为长大了的孩子
一直有个猪头父亲；
我现在够年纪了，可以交朋友。
是你劈开了新木材，
现在是雕刻的时候。
我们同汁同根——
让我们之间有往来。

有个传闻

众神停战，

科瑞[1] 见于北方

青灰色海边

穿着镀金的赤褐披风。

谷物又有母亲了，而她，莱科诺[2]

从来不辜负女人

现在不辜负大地。

狡猾的赫尔墨斯[3] 来了；

他走到我身后

急于捕捉我的话语，

急于用谣言传播；

随意更改

狡黠而微妙；

按自己的意图篡改；

但你得说真话，一丝不苟：

1　科瑞（Korè），即珀耳塞福涅，古希腊神话中的女神，主神宙斯和得墨忒耳（Demeter）的女儿，冥王哈迪斯的妻子。

2　莱科诺（Leuconoë），古希腊神话中海神波塞冬（Poseidon）的女儿。

3　赫尔墨斯（Hermes），古希腊神话中的商业、旅者、小偷和畜牧之神，也是众神的使者，奥林匹斯十二主神之一。宙斯与擎天巨神阿特拉斯（Atlas）之女迈亚（Maia）的儿子，古罗马又称墨丘利（Mercury）。

"再次在提洛[1]，祭坛再次颤动。

再次听到歌声。

再次见到从未抛弃的花园

充满闲话和老故事。"

1　提洛（Delos），爱琴海西南部的希腊岛屿。

四月

仙女的四肢零散

三个幽灵来找我

拉我去到

橄榄枝

被剥皮躺倒的地方：

明亮的迷雾下惨白的屠杀。

浴盆

恰似镶了白瓷的浴盆

当热水没了或者温了，

我们骑士般的激情慢慢凉了。

噢，我备受赞美却不那么令人满意的女郎。

沉思

当我仔细考虑狗的奇怪习惯
我不得不得出结论
人是更优越的动物。

当我仔细考虑人的奇怪习惯
我承认，我的朋友，我困惑了。

致迪沃斯 [1]

我是谁，要谴责你，噢迪沃斯，

我因匮乏

而困苦

就像你因无用的财富？

1　迪沃斯（Dives）即马库斯·李锡尼·克拉苏（Marcus Licinius Crassus，约公元前 115—约公元前 53），古罗马军事家、政治家、商人，诨名迪沃斯，拉丁语中指富豪，因为据说他是罗马最富有的人。

仿屈原

我要去林中，
在那里神戴着紫藤花环漫步，
在银蓝色的潮水边
有人坐着象牙车前行。
出来很多少女
为豹子采摘葡萄，我的朋友，
因为是豹子在拉着车。

我会在林间空地散步，
我会从新长出的灌木丛中出来
　　搭讪少女的行列。

刘彻

丝绸的窸窣不再，
尘埃飘过院落，
没有脚步声，而落叶
旋转成堆，静躺。
而她，心的欢悦，就在下面：

濡湿的一片叶子沾在门槛上。

扇诗，致君王

啊，白丝绸扇，
　　清凉如草叶上的霜
你也被搁在一边了。

蔡姬

花一瓣瓣掉进喷泉里，
橘色玫瑰叶
它们的赭色染上石头。

地铁站里

人群中这些面孔的倏现；
湿、黑枝干上片片花瓣。

拂晓曲

清凉如铃兰浅淡的湿叶
她在黎明中躺在我身旁。

石楠

黑豹在我身边踏步，
我的手指上
浮动花瓣般的火焰。

乳白色的女孩们
从冬青树边挺直，
她们雪白的豹子
观望，跟踪我们的足迹。

女店员

那一刻她依偎着我

像是要被风吹到墙上的燕子，

她们谈论斯温伯恩的女人，

牧羊女遇到奎多。

还有波德莱尔的娼妓。

湖岛

噢上帝，噢维纳斯，噢墨丘利，贼的守护神
我求你们，适时给我个小烟草铺，
有明艳的小盒子，整齐地堆在货架上
还有蓬松馥郁的板烟和散烟，
以及明亮的玻璃柜下明亮的弗吉尼亚烟丝，
一个不太油腻的天平秤，
路过进来聊两句的妓女，
说句俏皮话，整一整她们的头发。

噢上帝，噢维纳斯，噢墨丘利，
借我个小烟铺
　　或者把我安排到任何行业里
除了这个见鬼的写作行当，
　　随时都要动脑筋。

墓志铭

傅翁

傅翁喜好高云和山，
哎，他喝死了。

李白

李白也是醉死的。
他想拥抱一个月亮
在黄河里。

古智慧，很宇宙

庄子做梦，
梦到他是鸟，是蜂，是蝴蝶，
他不知该不该感觉是别的什么，

故而知足了。

辑四　桃花石

大部分内容来自李白的汉诗

摘自过世的

欧内斯特·费诺罗萨笔记

以及森槐南和有贺长雄两位教授的注解

（1915）

戍边弓箭手之歌

我们在这里，采摘蕨根的嫩芽

说：我们何时才能回到祖国？

我们留在这里，皆因兵荒马乱，

我们遭罪，皆因这些蒙古人。

我们采掘细嫩的蕨枝，

每当有人说"归"，其他人便满心惆怅。

惆怅的心，无比悲伤，我们饥寒交迫。

我们的防御尚未牢固，无人可以抛下朋友而归。

我们挖掘老硬的蕨梗。

我们说：到了十月，是否能获准归去？

王室之事未定，我们不得安宁。

我们日益悲伤，但我们不能返乡。

现在盛开的是什么花？

谁的战车？将军的。

那些马，即使是将军的马，也累了。它们曾经那么强壮。

我们不得安歇，一月苦战三场。

天啊，将军的马也累了。

将军骑在马上，士兵簇拥在身旁。

那些马训练有素，将军配着象牙箭镞，箭袋上镶着
　　鱼皮。

敌人动作迅猛，我们要格外当心。

我们出发之日，春柳依依。

归来时大雪纷飞。

我们步履缓慢，饥饿难耐，

内心充满痛苦，谁知我们的悲哀？

（文纳，据传作于公元前 1100 年）

转译自：

《诗经·小雅·采薇》

采薇采薇，薇亦作止。曰归曰归，岁亦莫止。
靡室靡家，猃狁之故。不遑启居，猃狁之故。
采薇采薇，薇亦柔止。曰归曰归，心亦忧止。
忧心烈烈，载饥载渴。我戍未定，靡使归聘。
采薇采薇，薇亦刚止。曰归曰归，岁亦阳止。
王事靡盬，不遑启处。忧心孔疚，我行不来！
彼尔维何？维常之华。彼路斯何？君子之车。
戎车既驾，四牡业业。岂敢定居？一月三捷。
驾彼四牡，四牡骙骙。君子所依，小人所腓。
四牡翼翼，象弭鱼服。岂不日戒？猃狁孔棘！
昔我往矣，杨柳依依。今我来思，雨雪霏霏。
行道迟迟，载渴载饥。我心伤悲，莫知我哀！

迷人的洗手间

蓝，河边的草蓝蓝

柳枝溢出附近的花园。

洗手间里，女主人青春洋溢，

白，白皙的脸庞，犹疑着，迈过门槛。

修长，她伸出一只修长的手；

她曾是往日的名妓，

嫁给了一个酒徒，

他在外喝得醉醺醺的，

撇下她一人，孤孤单单。

（佚名，公元前 140 年）

转译自：

《青青河畔草》

佚名（两汉）

青青河畔草，郁郁园中柳。

盈盈楼上女，皎皎当窗牖。

娥娥红粉妆，纤纤出素手。

昔为倡家女，今为荡子妇。

荡子行不归，空床难独守。

河歌

这艘船用沙棠木打造，船舷上刻着玉兰，

两边坐满一排排乐手，笛子嵌着宝石，

管乐金光闪闪，我们的酒

足够盈满千盏。

我们载着歌女，随波逐流，

仙人欲驾黄鹤

当战马，而我们所有水手

追随或骑上白色海鸥。

词与赋

与日月高悬。

楚王层层叠叠的宫殿

　　　　如今只剩荒凉山丘，

而我在船上运笔

让五座山峰摇晃，

我喜爱这些文字

　　　　如同喜爱蓝色的岛屿。

（若荣耀永恒不朽

汉水将北流。）

我在御花园里无精打采，等候敕令献赋！

我望着龙潭，柳树浸染水面

倒映出天空的颜色，

我倾听百只夜莺鸣唱，漫无目的。

东风将绮城的青草吹绿，

紫红色的房子盈满春天的温柔。

池塘南岸，柳芽半青半黛，

柳枝在雾中摇摆，背倚锦缎般的宫殿。

百尺长的葡萄藤，垂下雕栏，

柳树高头，画眉和鸣，

悲泣——"欸，欸"，早春之风，感怀。

春风卷入碧云，摇晃着走开。

千门万户，到处是春天的歌声，

此刻，皇帝在镐京。

五朵云彩高悬于紫色的天空，耀眼，

御林军从金殿出列，盔甲闪闪。

皇帝乘着玉辇，巡视他的花园，

他去到蓬莱，临幸振翅的鹳，

回来时路过芭石，聆听新的夜莺，

上林苑里，新莺满满，

她们的歌声，和笛声交织在一起，

声声莹啼，在十二支箫里。

（李白，公元八世纪）

167

转译诗一：

《江上吟》

李白（唐）

木兰之枻沙棠舟，玉箫金管坐两头。

美酒樽中置千斛，载妓随波任去留。

仙人有待乘黄鹤，海客无心随白鸥。

屈平辞赋悬日月，楚王台榭空山丘。

兴酣落笔摇五岳，诗成笑傲凌沧洲。

功名富贵若长在，汉水亦应西北流。

转译诗二：

《侍从宜春苑奉诏赋龙池柳色初青听新莺百啭歌》

李白（唐）

东风已绿瀛洲草，紫殿红楼觉春好。

池南柳色半青青，萦烟袅娜拂绮城。

垂丝百尺挂雕楹，上有好鸟相和鸣，间关早得春风情。

春风卷入碧云去，千门万户皆春声。

是时君王在镐京，五云垂晖耀紫清。

仗出金宫随日转，天回玉辇绕花行。

始向蓬莱看舞鹤，还过茝若听新莺。

新莺飞绕上林苑，愿入箫韶杂凤笙。

河商之妻：一封信

当年我的刘海，齐刷刷遮住额头
在大门外玩耍摘花。
你踩着竹跷过来，假装骑大马，
走到我椅边，捧着青梅。
后来，我们同住长干村里：
两个小人儿，无猜。

十四岁那年，我嫁给了您，我的主人。
我从未哈哈笑过，羞怯腼腆，
盯着墙壁，低着头。
千呼万唤，也不回首。

十五岁开始，我不再颦眉，
渴望身后仍与您共枕
世世代代。
不然我为何登上望夫台？

十六岁那年，您出门，
远行到瞿塘滟滪堆，那里江水湍急，
一走就是五个月。
头顶传来猴子的悲鸣。

出门时，你步履拖沓。
如今门前长出新的苔藓，
深深理不尽！
今秋的树叶早早落下，在风中。
西园草坪上，成双成对的
蝴蝶，已染上八月的金黄；
它们伤我心。年年岁岁。
你若沿长江窄道顺流而回，
请提前让我知晓，
我要出门远远地迎候您，
   一直到长风沙。

（李白）

转译自：

《长干行·其一》

李白（唐）

妾发初覆额，折花门前剧。

郎骑竹马来，绕床弄青梅。

同居长干里，两小无嫌猜，

十四为君妇，羞颜未尝开。

低头向暗壁，千唤不一回。

十五始展眉，愿同尘与灰。

常存抱柱信，岂上望夫台。

十六君远行，瞿塘滟滪堆。

五月不可触，猿声天上哀。

门前迟行迹，一一生绿苔。

苔深不能扫，落叶秋风早。

八月蝴蝶来，双飞西园草。

感此伤妾心，坐愁红颜老。

早晚下三巴，预将书报家。

相迎不道远，直至长风沙。

天津桥边诗

三月已到桥头，

桃枝杏枝，悬于千门外，

朝花伤人心，

而黄昏，又将花儿推入东流水。

花瓣漂在流走的水面，消逝，

　　　　　　　　又回旋。

今人已非往昔之士，

虽然他们以同样的姿势，探出桥栏。

黎明时分，海色变幻

诸侯依然分排肃立在御座前。

月亮落到西上阳关外，

挂在门墙上。

浮云蔽日，头盔隐隐闪亮，

王公们从宫廷出发，去往遥远的边疆。

他们骑在龙形的马上，

马头戴着金黄配饰。

街上行人纷纷让路。

　　　　他们傲慢地路过，

傲慢地步入盛宴，

高堂上摆满珍馐，

空气中香氛弥漫，舞女摇荡，

笛声清越，歌声清亮；

七十对伴侣在跳舞；

在花园里疯狂追逐。

日日夜夜，沉迷于享乐

他们以为会持续千秋，

　　　　千秋不倦。

黄狗朝他们狂吠凶兆，徒劳，

他们被比作绿珠夫人，

　　　　而她是仇恨之源！

他们中间，有个男人名为鸱夷

　　　　带着情人独自离去。

她长发未束，而他自己摇橹！

　　　　　　　　（李白）

转译自：

《古风·其十八》
李白（唐）

天津三月时，千门桃与李。

朝为断肠花，暮逐东流水。

前水复后水，古今相续流。

新人非旧人，年年桥上游。

鸡鸣海色动，谒帝罗公侯。

月落西上阳，余辉半城楼。

衣冠照云日，朝下散皇州。

鞍马如飞龙，黄金络马头。

行人皆辟易，志气横嵩丘。

入门上高堂，列鼎错珍羞。

香风引赵舞，清管随齐讴。

七十紫鸳鸯，双双戏庭幽。

行乐争昼夜，自言度千秋。

功成身不退，自古多愆尤。

黄犬空叹息，绿珠成衅雠。

何如鸱夷子，散发棹扁舟。

玉阶怨 [1]

宝石镶嵌的玉阶，已被露水染白，

夜已深，我的纱袜湿透了。

放下水晶窗帘

我在清冽的秋夜，望月。

（李白）

---

1 玉阶，指王宫。怨，意味着有些事情要抱怨。纱袜，意味着
淑女，而非抱怨的侍女。清冽的秋夜，意味着他不能以天气作为
借口。而她早早出现，因为露水不仅染白了台阶，还浸湿了她的
袜子。这首诗之所以受到赞誉，是因为她没有直接说出责怪的话
语。——庞德原注

转译自：

《玉阶怨》

李白（唐）

玉阶生白露，夜久侵罗袜。
却下水晶帘，玲珑望秋月。

戍边卫士哀歌

北门外，狂风吹沙，

从古至今，孤寂！

树木倾倒，秋草枯黄。

我攀上一座座塔楼

瞭望荒蛮之地：

凄凉的城堡，天空，辽阔的沙漠。

这座村庄，片墙不剩。

尸骨惨白，染上千层霜，

厚厚堆积，草木凄凉。

是谁，毁灭了这一切？

是谁，点燃了帝王的怒火？

是谁，引来鼓乐齐鸣的军队？

野蛮的国王们。

优美的春天，沦为嗜血的秋季，

骚乱的士兵，布满中原，

三十六万大军，

悲哀，悲哀，如雨。

悲哀地出发，悲哀，悲哀地归来。

荒凉，荒凉的田野，

田野上因为战争，没有儿童，

再不见进攻和守护的男人。

啊，你怎知北门外沉闷的悲伤，

李牧的名字早已被遗忘，

而我们这些卫兵被喂了老虎。

（李白）

转译自：

《古风十四·胡关》
李白（唐）

胡关饶风沙，萧索竟终古。

木落秋草黄，登高望戎虏。

荒城空大漠，边邑无遗堵。

白骨横千霜，嵯峨蔽榛莽。

借问谁凌虐，天骄毒威武。

赫怒我圣皇，劳师事鼙鼓。

阳和变杀气，发卒骚中土。

三十六万人，哀哀泪如雨。

且悲就行役，安得营农圃。

不见征戍儿，岂知关山苦。

李牧今不在，边人饲豺虎。

流放者的信

致洛阳糟丘，老友，郡元参军
而今我想起，你为我建过一座特别的酒楼
在天津桥南。
黄金白玉，我们用来花天酒地，
月月沉醉，忘记了国王和王孙。
智者们从海上漂流而来，从西域而来，
和他们在一起，尤其是你
情投意合。
他们跨海而来，他们翻山而来，
只为结交知己。
我们掏心掏肺，没有丝毫后悔。
后来我被派往淮南，
　　　那里遍地桂枝，
而你被发往洛北
我们空余思念与回忆。
再后来，为了最后的别离，
我们相聚，一起去仙城旅行。
越过三十六层回转之水，
进入灿烂的千花之谷，
而那里，只是第一座山谷；
随后进入万千山谷，盈满松风的声音。

马上配着银鞍金络，

汉东太守，带着随从出迎。

紫阳真人也在等候，

吹奏的箫上镶着宝石。

层层叠叠的餐霞楼上，他们表演更多的仙乐，

重重乐器，宛如鸟凤之音。

汉东太守喝醉了，起舞

　　　长袖随着音乐

不肯停歇，

而我身着锦袍，头枕在他腿上睡去，

心旌飘扬，直抵天堂。

那天结束之前，我们散落四周，如星，如雨。

我不得不返回故里，远隔千山万水，

而你回到江桥。

你的父亲，像豹子般勇猛，

统领并州，击溃了野蛮的乌合之众。

有一年五月，他派你来见我，

　　　尽管路途遥远。

车轮都磨破了，我明白旅途艰辛，

道路崎岖如羊肠。

那年岁末，我执意要去见你，

　　　　迎着刺骨的北风，

感念你从未在意过花费，

　　　执意为我结账。

那是怎样的盛宴啊：

红宝石酒杯，青玉案上摆满佳肴，

我大醉，无心归。

而你陪我散步，到城堡的西角，

前朝庙宇，环绕之水清如碧玉，

船儿荡漾，箫声与鼓乐齐鸣，

碧波粼粼，水草青青，

耽于享乐，携手名媛，随意出入，

杨花飘飘洒洒，如雪。

日落时分，红妆女子已有醉意，

百尺清潭，倒映翠眉，

——绿色的蛾眉，新月下楚楚动人，

眉笔优雅——

美人们唱歌，彼此应和。

身着透明的罗衣舞蹈，

清风拂动歌声，时而扰动，

送上云端。

　　　　　而这一切，都将了结。

　　　　　再也不会相遇。

我去朝廷赶考，

献上长杨之歌，试试运气，

却没得到提升，

　　　　　归去东山时，

　　　　　已白首。

再后来，我们相遇桥头之南。

分手后，你往北去了圣王宫，

你若问我分手时的惆怅：

就如花瓣飘零的暮春

　　　　迷惘，纷纷扬扬。

诉说又有何用，诉说绵绵无尽，

思念无尽。

我把男孩儿喊进来，

让他跪下，封好这封信，

寄往千里之外，思念。

（李白）

转译自：

《忆旧游寄谯郡元参军》

李白（唐）

忆昔洛阳董糟丘，为余天津桥南造酒楼。

黄金白璧买歌笑，一醉累月轻王侯。

海内贤豪青云客，就中与君心莫逆。

回山转海不作难，倾情倒意无所惜。

我向淮南攀桂枝，君留洛北愁梦思。

不忍别，还相随。

相随迢迢访仙城，三十六曲水回萦。

一溪初入千花明，万壑度尽松风声。

银鞍金络倒平地，汉东太守来相迎。

紫阳之真人，邀我吹玉笙。

餐霞楼上动仙乐，嘈然宛似鸾凤鸣。

袖长管催欲轻举，汉中太守醉起舞。

手持锦袍覆我身，我醉横眠枕其股。

当筵意气凌九霄，星离雨散不终朝，分飞楚关山水遥。

余既还山寻故巢，君亦归家渡渭桥。

君家严君勇貔虎，作尹并州遏戎虏。

五月相呼度太行，摧轮不道羊肠苦。

行来北凉岁月深，感君贵义轻黄金。

琼杯绮食青玉案，使我醉饱无归心。

时时出向城西曲，晋祠流水如碧玉。

浮舟弄水箫鼓鸣，微波龙鳞莎草绿。

兴来携妓恣经过，其若杨花似雪何。

红妆欲醉宜斜日，百尺清潭写翠娥。

翠娥婵娟初月辉，美人更唱舞罗衣。

清风吹歌入空去，歌曲自绕行云飞。

此时行乐难再遇，西游因献长杨赋。

北阙青云不可期，东山白首还归去。

渭桥南头一遇君，酂台之北又离群。

问余别恨知多少，落花春暮争纷纷。

　　言亦不可尽，情亦不可及。

呼儿长跪缄此辞，寄君千里遥相忆。

四首离别之诗

轻雨落轻尘。

庭院内的柳枝

会越来越绿，

而您，先生，离别前最好喝一杯，

走出关口时

身边不再有，朋友。

（李白，或王维）

转译自：

《送元二使安西》
王维（唐）

渭城朝雨浥轻尘，客舍青青柳色新。
劝君更尽一杯酒，西出阳关无故人。

江边告别

古人从黄鹤楼西去，

江面上，烟花模糊不清。

他的孤帆远在天际，一滴墨迹。

如今我只见长江

　　　　漫长的江，流向天堂。

（李白）

转译自：

《黄鹤楼送孟浩然之广陵》
李白（唐）

故人西辞黄鹤楼，烟花三月下扬州。
孤帆远影碧空尽，唯见长江天际流。

与友人告别

北城墙外，青山，
白水蜿蜒其间；
在这儿，我们必须分手了
出发，穿过千里枯草。

心境，如浮云辽阔，
落日，如老友别过。
远远地，抱拳，躬身。
我们的马，彼此嘶鸣
　　　　在我们告别时分。

（李白）

转译自：

《送友人》
李白（唐）

青山横北郭，白水绕东城。
此地一为别，孤蓬万里征。
浮云游子意，落日故人情。
挥手自兹去，萧萧班马鸣。

近蜀告别

"蜀王，蜀地之王，修建了山路"

他们说，蜀道陡峭，
山峦崎岖。
城墙拔地而起，
山上白云生
　　　　　浮在马鞍边。
铺好的秦路长出香树，
树桩拱破路面，
清冽的冰水，蜀都城中喷涌而出，
　　　　　一座骄傲的城。

男人们的命数已定，
何必再问占卜之人。

　　　　　　　　　　（李白）

193

转译自:

《送友人入蜀》

李白（唐）

见说蚕丛路，崎岖不易行。

山从人面起，云傍马头生。

芳树笼秦栈，春流绕蜀城。

升沉应已定，不必问君平。

长安城

凤凰，在台上玩耍。

凤凰不见了，江水独流。

花与草

覆盖幽暗的小径

       那里掩埋着前朝王宫。

晋代鲜亮的衣冠

如今已埋在古丘山脚。

三座山，自远天塌陷，

白鹭岛

       把江水一分为二。

如今高云遮日

我看不见远方的长安

我心不安。

（李白）

转译自：

《登金陵凤凰台》
李白（唐）

凤凰台上凤凰游，凤去台空江自流。

吴宫花草埋幽径，晋代衣冠成古丘。

三山半落青天外，二水中分白鹭洲。

总为浮云能蔽日，长安不见使人愁。

南方人在寒冷的国度

代马嘶鸣，抵御越国的寒风，

越国的鸟儿，不恋北方燕土，

情感，生自习惯。

昨日，我们步行出野雁门，

今日，我们又出发自龙庭。[1]

吃惊。大漠上的骚乱。大海上的太阳。

飞雪迷惑了野蛮人的天堂。

蚂蚁般的虱子爬满了我们的甲胄。

心与灵在羽旌上狂奔。

艰难之战，无人赏识。

赤诚之心，无法解释。

谁会怜悯李将军，

　　　　　身手敏捷，

谁的白头被斩首，只为此地戍守？

---

1 例如，我们一直在作战，从帝国的一端到另一端，一会儿东，
一会儿西，在每一条边境。——庞德原注

转译自：

《古风五十九首·其六》
李白（唐）

代马不思越，越禽不恋燕。

情性有所习，土风固其然。

昔别雁门关，今戍龙庭前。

惊沙乱海日，飞雪迷胡天。

虮虱生虎鹖，心魂逐旌旃。

苦战功不赏，忠诚难可宣。

谁怜李飞将，白首没三边？

郭璞所作的仙人之诗

红色和绿色的金鱼

　　闪烁，在兰花和三叶草之间，
一只鸟，照亮另一只鸟。

绿藤，从高高的林木垂下，
为山峦织出整个屋顶，
孤独的男士坐着，不语，
抚弄清越的琴弦。
他把心抛向天空，
咀嚼花蕊

　　　　　　吐出精美的喷泉。
红松之神望着他，不解。
他骑马驶过紫烟，访仙，
拽住浮丘[1]的衣袖，
伸手拍打伟大的水神后背。

而你，可恶的昆虫之辈，
你可知道一只乌龟的年纪？

1　一位仙人的名字。——庞德原注

转译自：

《游仙诗·翡翠戏兰苕》

郭璞（晋）

翡翠戏兰苕，容色更相鲜。

绿萝结高林，蒙笼盖一山。

中有冥寂士，静啸抚清弦。

放情凌霄外，嚼蕊挹飞泉。

赤松临上游，驾鸿乘紫烟。

左挹浮丘袖，右拍洪崖肩。

借问蜉蝣辈，宁知龟鹤年。

桑树路民谣

太阳升起，在东南角
眺望秦的高楼
他们有个女儿，取名罗敷（漂亮姑娘），
而她给自己起了个名字："薄纱"，
她从城里南墙边
采桑喂蚕。
她用绿绳编出篮子边儿，
用桂树枝做成篮子肩带，
把长发盘在头的左侧。

珍珠耳环，
印花的绿绸衬裙，
而罩裙是同样的丝绸，染成了紫色。
男人路过时，眼望罗敷
            他们卸下担子，
站在那儿，捻着胡须。

（费诺罗萨手稿，很久远的作品）

转译自：

《古乐府·陌上桑》

（两汉）

日出东南隅，照我秦氏楼。秦氏有好女，自名为罗敷。
罗敷喜蚕桑，采桑城南隅。青丝为笼系，桂枝为笼钩。
头上倭堕髻，耳中明月珠。缃绮为下裙，紫绮为上襦。
行者见罗敷，下担捋髭须。少年见罗敷，脱帽著帩头。
耕者忘其犁，锄者忘其锄。来归相怒怨，但坐观罗敷。

卢照邻《长安古意》

一

狭窄的街巷，切入宽阔的长安大道，
青牛，白马，拉着七辆大车，骑兵簇拥
大车用香木打造，
玉石镶嵌的宝座，在路口收起，
前面就是王侯之家：
金鞍一闪，公主迎候；
她们在王侯门前引起骚动。
绣着龙纹的华盖
　　　　　　遮挡阳光，奉上饮品。
黄昏降临。
　　　　　　马衣沾上雾气。
丝丝缕缕的雾气，散开
　　　　　　树木重影，
夜里的鸟，夜里的女人
把声音撒满花园。

二

花翼之鸟，翻飞的蝴蝶
　　　　　　蜂拥在千门之上，

玉树闪耀，
　　　　　嵌银的台阶，
缤纷的晶粒，
凉亭，小径，游廊，交织在一起，
双塔，飞檐，
　　　　　勾画相连的路径：
相会相知之地。
画阁高耸天际，
　　　　　色彩斑斓
汉帝打造高挺的金荷花
　　　　　承接露水，
前边，是另一座王宫，不知是谁家：
歧路上遇到那么多朋友
　　　　我怎么可能都认识？

转译自：

《长安古意》

卢照邻（唐）

长安大道连狭斜，青牛白马七香车。

玉辇纵横过主第，金鞭络绎向侯家。

龙衔宝盖承朝日，凤吐流苏带晚霞。

百尺游丝争绕树，一群娇鸟共啼花。

游蜂戏蝶千门侧，碧树银台万种色。

复道交窗作合欢，双阙连甍垂凤翼。

梁家画阁中天起，汉帝金茎云外直。

楼前相望不相知，陌上相逢讵相识。

借问吹箫向紫烟，曾经学舞度芳年。

得成比目何辞死，愿作鸳鸯不羡仙。

比目鸳鸯真可羡，双去双来君不见。

生憎帐额绣孤鸾，好取门帘帖双燕。

双燕双飞绕画梁，罗帷翠被郁金香。

片片行云着蝉鬓，纤纤初月上鸦黄。

鸦黄粉白车中出，含娇含态情非一。

妖童宝马铁连钱，娼妇盘龙金屈膝。

御史府中乌夜啼，廷尉门前雀欲栖。

隐隐朱城临玉道，遥遥翠幰没金堤。

挟弹飞鹰杜陵北，探丸借客渭桥西。

俱邀侠客芙蓉剑，共宿娼家桃李蹊。

娼家日暮紫罗裙，清歌一啭口氛氲。

北堂夜夜人如月，南陌朝朝骑似云。

南陌北堂连北里，五剧三条控三市。

弱柳青槐拂地垂，佳气红尘暗天起。

汉代金吾千骑来，翡翠屠苏鹦鹉杯。

罗襦宝带为君解，燕歌赵舞为君开。

别有豪华称将相，转日回天不相让。

意气由来排灌夫，专权判不容萧相。

专权意气本豪雄，青虬紫燕坐春风。

自言歌舞长千载，自谓骄奢凌五公。

节物风光不相待，桑田碧海须臾改。

昔时金阶白玉堂，即今惟见青松在。

寂寂寥寥扬子居，年年岁岁一床书。

独有南山桂花发，飞来飞去袭人裾。

陶渊明《不动的云》

"湿漉漉的春天"，陶渊明说，
"湿漉漉的春天在花园里。"

一

云朵一直在堆积，堆积，
       而雨落下，落下，
八重的天堂
       卷进一团黑暗，
宽阔平坦的大道延伸出去。
我停在东房，静，静，
轻拍新的酒桶。
朋友们已疏远，
我垂着头，静立。

二

雨，雨，云朵堆积，
八重天堂一片黑暗，
平原已被淹没。
       "酒，酒，酒来了！"
我临东窗独饮。

思念与人交谈，

船，马车，都没来。

三

东花园里的树

　　　　　　进出新枝，

试图扰乱新的感情。

人们说，太阳和月亮不停地移动

　　　因为找不到舒适的座椅。

鸟儿拍打着翅膀，来我树上栖息，

　　　　　　我似乎听到它们说，

"并非没有他人可以选择，

而我们最喜欢这个家伙。

但不管我们多渴望开口

他都不解我们的哀愁。"

　　　　　　　　　　　（陶渊明，365—427）

转译自：

《停云》

陶渊明（晋宋）

停云，思亲友也。罇湛新醪，园列初荣，愿言不从，
叹息弥襟。

其一

霭霭停云，濛濛时雨。
八表同昏，平路伊阻。
静寄东轩，春醪独抚。
良朋悠邈，搔首延伫。

其二

停云霭霭，时雨濛濛。
八表同昏，平陆成江。
有酒有酒，闲饮东窗。
愿言怀人，舟车靡从。

其三

东园之树，枝条载荣。
竞用新好，以怡余情。

人亦有言：日月于征。
安得促席，说彼平生。

其四

翩翩飞鸟，息我庭柯。
敛翮闲止，好声相和。
岂无他人，念子实多。
愿言不获，抱恨如何！

辑五　净化礼
（1915）

佩里戈尔[1] 附近

> 在佩里戈尔，靠近墙处
> 对，锤矛一扔就到。

你会把男人的心从尘土中拿起
诉说他们的秘密，奇诺先生，
对吗？然后在乌克·圣西克诗行间阅读
给我解这个谜，因为你知道其中故事。

贝特朗，昂·贝特朗，留下一首歌谣：
"曼忒，我爱你，你却把我抛弃了。
蒙福尔的声音，艾格妮丝女爵的头发，
美人米拉尔的身姿，子爵夫人的喉咙，
全部放到一起也远不及你……"
而你一直吟唱那首歌谣，
想象你，那个曼忒，住在蒙泰涅克，
一个在沙莱[2]，另一个在马勒莫尔[3]，
就在布里夫[4]——每位女士都有一个城堡，
每个都坚固。

　　噢，这够容易了吧？

1　佩里戈尔（Perigord），地名，位于法国西南部。
2　沙莱（Chalais），法国地名，位于奥克西塔尼大区塔恩省。
3　马勒莫尔（Malemort），法国科雷兹省的一个城镇。
4　布里夫（Brive），法国中南部城市。

泰利朗在蒙泰涅克建起宫廷，

佩里戈尔的权势全在于

他的小舅子，这次联姻

吞并了全部土地，以后保持数百年。

我们的昂·贝特朗在高堡

轮之毂，争端之源，

但丁在地狱的最后洼地看到——

"以灯为头"的无头躯体。

因为分离制造分离，

他挑起兄弟之间争端，

和老英国国王有过一腿，

因"报应"而受此折磨。

你要怎么活，周遭有邻居——

普瓦捷和布里夫，未征服的罗什舒阿尔，

像柔弱的手指尖展开；

而你在手掌的高山上——

不是狭长的平台，不是河流间的富瓦[1]，

而是一个巨大的脊背，半掩于松树中，

从博恩的索绳袋中用计抢出——

四座圆塔，四个兄弟——大多是傻子：

他还能做什么，除了下绝望的棋，

搅动旧怨？

　　　　"当掉你们的城堡，主人们！

1　富瓦（Foix），法国西南部阿列日省的首府。

让犹太人掏钱。"

　　　　那伟大的场景——
（那件事，也许，从没发生）

　　　　最后被打，
在冷酷的老国王面前：

　　　　"你儿子，啊，自从他死了，
我的才智和价值在哀伤的烈焰中
是扫到一边的蛛网。为所欲为吧。"

就说整个人，把他的故事摊开。
他爱蒙泰涅克城堡中的这位女士？
城堡护卫他两侧——他需要它。
你今天读到，佩里戈尔的老爷们，
泰利朗家族，占据此地有多长；这绝非随意虚构。
曼忒辜负了他？还是看穿了他的诡计？

　　　　还有他那新联盟的网状想法？
沙莱颇高，与杨树齐平。
它最低的石头刚好与河谷顶端齐平，
低矮的德罗讷河长满睡莲。
罗什舒阿尔可与之伦比，更为强大，
山岭的尽头，建在最陡峭的悬崖，
马勒莫尔扼守布里夫，
而博恩，他自己的袋子，他的兔窝，
地下有十二道门的宫室，

伸出触须感知道路，
嗅探进入佩里戈尔的交通。
而那坚实的阵列，不断的线条，
从那儿到曼忒的城堡整整有十里，
他的整个侧翼——他怎能没有她？
还有通往卡奥尔，通往图卢兹的路？
没有她，他怎么办？

"帕皮奥尔，
径直去唱吧——安赫斯，希白琳。
有一个喉咙；啊，有两只洁白的手；
有一个棚架长满早开的玫瑰，
我的心被爱围住。
我从哪里来，带着繁复的谄媚——
什么门向漂亮的恭维敞开"
每个人都有点嫉妒曼忒？
他写这阕就是要把他们的嫉妒
投向她；让她从中感到骄傲？

接受他自己的言辞，随你怎么理解——
定住那个结，曼忒的第一个结？

这是情诗吗？他歌唱战争了吗？
偷偷地跑出来是不是计谋，
出于吟咏骚人之舌，自由地

遨游一方，进进出出，

这样他就是个艺人，战略家？

（圣莱德对波罗纳可就是这么做的。

唱不同的曲调，隐藏颇深。）

噢，有先例，法律传统。

歌唱一事物，而你的歌意在另一事物，

"心中所想莫全说——"

富瓦伯爵知道的。贝特朗爵士在唱什么？

曼忒，曼忒，还是曼忒，

或者战争，砍开的头盔，以及政治？

二

结束事实。试试虚构。想象我们见到

昂·贝特朗，奥特福尔的一个塔屋，

日落，丝带般的路躺着，在红色交织光中，

向南通向蒙泰涅克，而他在桌旁俯身，

书写，在齿间发誓；靠他左手边

有羊皮卷细条，用什么东西

盖掉，擦掉，涂掉，

测试他的用韵，瘦子？

乖戾？长着飘落的红须？

碧绿猫眼石升起，朝向蒙泰涅克。

或者看一看他的"磁力"歌者出发，

一路避开欧布泰尔，在沙莱穹顶大厅里歌唱。

或者，在罗什舒阿尔一棵苔迹斑驳的树下

无意中观赏山谷上的苍鹰，

在仲夏的夜晚等待自己的机会，

想起他心魂所爱的爱丽丝……

发现她有些落寞，蒙福尔在远方。

有个棕发、平静却受人憎恨的女人来访。

搅坏了他的造访，又要等下一年。

还不够吗？

把他抬到前面。"穿过所有庭院，

我的磁力，"贝特朗说道。

我们来到旺塔杜尔，

在爱的庭院中，他唱起歌谣，

没人听到，除了阿里蒙·吕克·戴斯帕罗——

没人听到什么，除了恭维的温婉之音。

阿里蒙爵士用手指数着，蒙福尔，

罗什舒阿尔，沙莱，其他的，战术，

马勒莫尔，暗自猜测，给雄狮之心送信：

那个协议，德·博恩嗅出来了，

他的城堡周围树被砍了，牛被赶出来！

也许没人看到，昂·贝特朗发迹了。

十年以后，或者二十年，没关系，

阿诺和理查在沙吕下面住下：

那些灰暗的圆塔立在田野中，

帐篷绷紧，马匹拴好，

不可及的远处，紫色的夜，

细小的火焰噼啪作响，还有旌幡，

最大的一面旗上是慵懒的豹子，

挂着的铠甲光芒闪动，工匠的火焰

熔化于钢。

在最静谧的空间里

他们窥探陈旧的丑闻，说德·博恩死了；

我们有八卦（省略了六百年）

理查明天得死——让他待在那儿

和丹尼尔谈论隐蔽诗。

而"最好的匠人"唱起他朋友的歌，

歆羡其活力……哀叹其技巧，

诋毁他自己的艺术？——那就随你所愿。

然后他们谈说死者。

普朗塔热内提出个谜："他爱她吗？"

阿诺回避道："他爱你妹妹吗？

的确，他赞美过她，但有人认为

他写颂词只是为了显示

他有你们支持；受到善待。"

"你们知道那个人。"

"你知道那个人。"

"我是艺术家,你两个行当都试过。"

"你生得和他接近。"

"我们知道我们的朋友吗?"

"假如他看到城堡,说他爱曼忒!"

"假如他爱她,是否谜就解了?"

　　结束讨论,理查次日出行,

他的面罩为箭镞所穿,

他原谅射箭人,然后死了。

　　　　讨论到此结束。阿诺终于

"声名神圣"——(那可能是误传!)

我们可以暂离谈话,直到但丁写道:

我的确看到,而且在我眼前

那个无头躯干依然在走,寻找光明,

他的头晃动着,被死去的头发抓住,

就像一盏晃动的灯,灯说:"啊,我!

我砍杀过人,我的头和心

你们看,在此被砍开,我生命的伴侣。"

或者谈谈昂·贝特朗?

三

他们二而为一，一而为二。

——《地狱》二十八节，125 行

困惑的春天，欧韦泽尔河畔，

罂粟花和碧绿瓷釉中的日眼

绽放在我们之上；我们熟知那条溪流，

我们的两匹马足迹遍布河谷；

知道低洼地带遍布杨树，

年轻的日子里，与深邃的天空为友。

巨大的翅膀在暮色中拍打，

天空中的巨轮

把我们带到一起……奔涌……然后分离……

相信我们会以唇和手相遇

高，高，确信……然后回击：

"你为什么爱我？你会永远爱我吗？

但我像草，不能爱你。"

或者，"爱，我爱，爱你，

又恨你的心，不恨你，你的灵魂，你的手。"

那么就到最后的离异吧，泰利朗！

在那儿，锁在泰利朗的城堡里，

无耳无舌，除了在手中，她

消逝——啊，消逝——不可触，不可及！

她从不能活，除了通过一人，

她从不能说，除了对着一人，

她其余的一切只是迁移变化，

破散的一捆镜子……！

维拉奈尔：心理时刻 [1]

一

我为那件事准备过度，

不是好兆头。

带着进入中年的忧虑

我摆出正典，

我几乎把书页向下翻。

    美是如此稀罕之物。

    极少有人喝到我的源泉。

这么多贫瘠的悔憾，

这么多时光被荒废！

现在我从窗户看雨，

游荡的巴士。

"他们小小的世界受到撼动" ——

空气中充满这个事实。

在城中他们那边

1　维拉奈尔（villanelle），一种源自法国的十九行诗体，其中有叠句（refrain），共分六节，前五节为三行节（tercet），末节为四行节（quatrain）。庞德此诗其实并未按传统维拉奈尔形式写作。

他们被不同的力量玩弄。

我怎么知道？

　　噢，我当然知道。

对他们来说要出事，

　　对我来说，

我为那件事准备过度。

　　美是如此稀罕之物。

　　极少有人汲饮我的源泉。

两个朋友：森林的气息……

朋友？会不会不那么朋友，因为有人找到他们？

他们两次都答应来。

　　"在夜晚和清晨之间？"

美会汲饮我的心灵。

青春一会儿就会遗忘

　　我的青春离我而去。

二

（"说话！你跳舞跳得那么僵硬？

　　有人羡慕你的作品，

　　直白地这么说。

"你不是像傻瓜一样说话，

第一夜？

第二晚？"

"但他们又答应了：

'明天茶点时间。'"）

三

现在到了第三天——

两个都没说话；

他没说，她没说，

只有另一个人的便条：

"亲爱的庞德，我要离开英国了。"

在一辆伦敦巴士里 [1]

一个死者的眼睛

向我致意，

在茫然的脸庞里，

别的没什么特征。

它们向我致意

然后我就在记忆中

看到好多事情

涌动

觉醒。

我在一个袖珍湖边看到几只鸭子

在一个快乐的驼背小孩旁。

我在蒙梭公园

看到几根仿古的柱子，

还有两个窈窕的少女，

几个贵妇

　　　　　亚麻色头发，

一些鸽子

1　这首诗原文为法语。

肥得

像鸡。

我看到公园，

还有缤纷的草坪，

我们在那儿

花了四苏[1]租椅子。

我看到黑天鹅，

日本的，

它们的翅膀

有龙血的颜色

还有阿莫农维尔

所有的花朵。

一个死者的眼睛

向我致意。

1　苏（sou），法国原辅助货币，现已用欧元。

帕嘉尼餐厅，十一月八号

蓦然在极美的诺曼底

风骚女郎的眼中

发现极博学的大英博物馆馆员的眼睛。

辑六　休·塞尔温·莫伯利

煨热呼唤进入阴凉

——涅墨西阿努斯,《田园诗》第四首[1]

<hr />

1　涅墨西阿努斯(Nemesianus),公元三世纪罗马诗人,其《田园诗》(*Eclogae*)由两个人物的对话构成。

一 诗人选墓咏

三年来，与时代不同调，
他力图复苏那死去的艺术
诗；维持"崇高"
在古老意义上。一开始就错了——

不，没有，但看到生于
半野蛮国家，不逢其时；
决意从橡实中拧出百合；
卡帕纽斯[1]；被鱼饵吸引的鳟鱼；

我们知道特洛伊里的一切[2]
没塞住的耳朵听到；
差一点就碰到礁岩
故而那年汹涌的海困住了他。

1　卡帕纽斯（Capaneus），古希腊传说人物，攻打忒拜的七雄之一。
2　原文为希腊语，以下仿宋字同此。

他真正的珀涅罗珀[1]是福楼拜[2]，

他在固执的岛边垂钓；

观赏咯耳刻[3]长发的飘逸

无视日晷上的铭文。

不受"事件的步伐"影响，

他在而立之年就从人们

记忆中消逝；事情对

缪斯的桂冠毫无增益。

1　珀涅罗珀（Penelope），古希腊神话中奥德修斯之妻，因丈夫在特洛伊陷落后未归而被求婚者困扰；她说只有在完成她正在编织的那件织物后才结婚，以此来敷衍求婚者，但每晚她都会把白天已织好的东西拆散。

2　居斯塔夫·福楼拜（Gustave Flaubert，1821—1880），法国现实主义小说家，影响力极大。

3　咯耳刻（Circe），又译瑟茜，古希腊神话中住在埃埃厄岛上的女巫，是太阳神赫利俄斯和大洋神女珀耳塞伊斯所生的孩子，国王埃厄忒斯的妹妹。她善于用药，并经常以此使她的敌人及反对者变成怪物。

二

时代要求一个形象
来描绘其加速的变态，
给现代舞台的东西，
不是，绝不是雅典的优雅；

不是，肯定不是向内
审视的隐晦梦思；
宁要谎言
也不要经典的解说！

"时代要求"的主要是石膏模型，
制作得毫无时间损失，
散文电影院，而非，断非，雪花石
或音韵的"雕塑"。

三

月季茶袍，等等。

顶替了科斯岛薄纱，

自动钢琴"取代了"

萨福[1]的弦琴。

基督跟上狄俄尼索斯[2]，

生殖与仙酿

为斋戒消沉让路；

卡利班驱逐了艾芮尔[3]。

万物流动，

哲人赫拉克利特[4]说；

俗艳的廉价

却将统御我们的年代。

1　萨福（Sappho，约公元前 630—约公元前 560），古希腊著名
女抒情诗人，一生写过不少情诗、婚歌、颂神诗、铭辞等。

2　狄俄尼索斯（Dionysus），古希腊神话中，酒神狄俄尼索斯
是宙斯与情人塞墨勒所生，善妒的赫拉（宙斯之妻）怂恿塞墨勒
要宙斯现出原形，结果怀孕待产的塞墨勒被闪电击死。宙斯把胎
儿狄俄尼索斯从母腹中取出，缝进自己的体内，使其二次出生。

3　卡利班（Caliban），莎士比亚戏剧《暴风雨》中半人半兽的
怪物，丑恶而凶残。艾芮尔（Ariel）是该戏剧中的一个人物。

4　赫拉克利特（Heraclitus，约公元前 544—约公元前 470），
古希腊人，是一位富传奇色彩的哲学家，爱菲斯学派的代表人物。
著有《论自然》一书，现有残篇留存。

甚至基督教的美

也遁亡了——在萨莫色雷斯 [1] 之后；

我们看到美

在市场中被法定。

羊人 [2] 的肉不面对我们，

圣徒的憧憬也不。

我们有压制机造圣餐饼；

营业执照做包皮环割术。

法律上所有人都平等。

远离庇西特拉图 [3]，

我们选一个无赖或阉人

来统治我们。

啊，明灿的阿波罗，

何男，何杰，何祇，

什么神，什么人，什么英雄头顶

我该放上一个锡花环！

1　萨莫色雷斯（Samothrace），希腊的一个岛屿，1863 年在岛
上发现带翼的胜利女神像。

2　羊人（Faun），古罗马传说中半人半羊的农牧神。

3　庇西特拉图（Pisistratus，约公元前 600—公元前 527），古
希腊雅典僭主，两次被放逐，制定过一系列奖励农工商政策，扩
大海外贸易，兴建雅典，支持文化。

四

他们战斗，无论如何，

有些相信为家园，无论如何……

有些很快武装起来，

有些为了冒险，

有些出于恐惧懦弱，

有些出于恐惧责备，

有些是喜好杀戮，在想象中，

后来发觉……

有些在恐惧中，喜欢上了杀戮；

有些死了，为祖国，不甜美，不得其所……

在地狱中行走，淹没到眼睛

相信老人的谎言，然后不再信

回到家里，回到一个谎言，

回到各种欺妄，

回到旧谎言和新邪行；

高利贷盛如往昔

谎言家身居高位。

从没如此英勇，从没如此报废。

年轻的血，高尚的血，

俊俏的面颊，健美的身体；

从没如此坚毅

从没如此赤诚，
从前从没说过的幻灭，
歇斯底里，战壕自白，
死肚皮发出笑声。

五

死了无数个，
他们当中，有最优秀的，
为了一个老掉牙的婊子，
为了一种完蛋的文明，

魅力，对良善的嘴微笑，
生动的眼睛到了大地的眼皮下，

为了两罗[1]裂碎的雕像，
为了几千本破烂的书籍。

---

1 罗（gross），商业计量单位，1 罗等于 12 打。

青碧的眼睛

格拉德斯通依然受尊敬，

当罗斯金写出

"国王的宝藏"；斯温伯恩

和罗塞蒂[1]依然被非议。

恶臭的布坎南[2]提高了嗓门

当她那半人半羊的脑袋

对画家和通奸者来说

成了一种消遣。

伯恩-琼斯[3]的草稿

保存了她的眼睛；

然而在泰特画廊，他们教导

1　威廉·迈克尔·罗塞蒂（William Michael Rossetti，1829—1919），英国艺术评论家、文学编辑、文学家、编年史家。他称赞惠特曼于1855年出版的有争议的《草叶集》为天才之作，并将其介绍给英国读者。他还是威廉·布莱克的早期欣赏者，1874年曾出版其诗作。他还研究出版了但丁和其他意大利及英国中世纪诗人的著作。

2　詹姆斯·布坎南（James Buchanan，1791—1868），美国第15任总统。美国历史上唯一一位终身未婚的总统。

3　爱德华·伯恩-琼斯（Sir Edward Burne-Jones，1833—1898），英国画家、图书插画家、彩色玻璃和马赛克设计师。他的作品是当时统治英格兰的浪漫主义流派的代表。

科菲图阿[1]狂喜语；

稀薄如溪水，
带着空荡荡的凝眸。
英语鲁拜集[2]在那些日子里
胎死腹中。

稀薄、清澈的凝眸，同样
依然从半毁的面庞羊人般射出
求索而承受……
"啊，可怜的珍妮的匣子"……

困惑何以整个世界
对她上个绿帽丈夫的
偷腥
毫不惊讶。

---

[1] 科菲图阿（Cophetua），英国古代民谣中所描写的一位北非国王，原本对女色毫无兴趣，可后来见到乞丐女佩妮罗凤（Penelophon），一见钟情，娶她为王后。

[2] 鲁拜（Rubaiyat），古波斯的一种诗歌形式，每首四行，一二四句押韵，大抵类似中国古诗的绝句。《鲁拜集》的作者为奥玛·海亚姆（Omar Khayyam）。

"锡耶纳 [1] 成就我；马雷马 [2] 毁灭我"

在腌制的胎儿和瓶装的骨头当中，

忙于完善目录时，

我发现斯特拉斯堡元老家族

最后的贵胄，维罗格先生。

足足两个小时，他谈贾利菲；

谈道森；谈韵士俱乐部；

告诉我约翰逊（莱昂内尔）怎么

从酒吧高凳上掉下来死了……

却没有丝毫酒气

尸检私底下进行——

身体组织保留下来——纯粹的心灵

腾起向纽曼，当威士忌升温。

道森发觉娼妓比旅舍还便宜；

海德拉姆要升华；画像公正地渲染

酒神、舞神和教会的喜悦。

1　锡耶纳（Siena），意大利南托斯卡纳的一座城市，建于公元前 29 年，历史上是贸易、金融和艺术中心，现为锡耶纳省的首府。

2　马雷马（Maremma），意大利托斯卡纳地区的一座城市。

"多利安心境"的作者如是说，

维罗格先生与那十年不同步，
疏离于他的同代人，
因为这些幻想，
被年轻人忽视。

布莱恩鲍姆

天一般清澈的眼睛，
圆嘟嘟的婴儿脸，
从袜子到领子的僵直
从不放松为风度；

何烈山、西奈和四十年的沉重记忆，
只在日光横划过
"无疵的"布莱恩鲍姆的脸时
才出现。

尼克松先生

在他乳白镀金的蒸汽游艇舱中
尼克松先生善意地建议我
少冒耽搁的风险。"仔细考虑下
评论者。

"我那时像你现在一样穷；
起初我当然拿预付稿费，
最早是五十，"尼克松先生说，
"跟我学，接个专栏，
即便你得免费干活。

"讨好评论人。十八个月
我就从五十涨到了三百
我最难打通的
是邓达斯博士。

"我提到的人都是为了
卖我的作品。
这可是个好提示，因于文学
从来不给人闲职。

"没什么人能一眼就看出一部杰作。

放弃诗歌吧，孩子，

里面没什么东西。"

*

同样，布勒夫拉姆的一个朋友曾建议我：

不要无谓地与世抗争，

接受舆论。"九十年代"尝试过你的游戏

然后死了，里面没什么东西。

十

在塌陷的屋顶下
文体学家找到庇护，
无报酬，没人捧，
终于离开世界的汹涌

大自然接待他；
和一位温和但没受过教育的女士一起
他研习他的才华
大地匹配他的苦难。

远离矫情和是非之地
居于茅草小屋；
他奉献美味佳肴；
门闩咯吱作响。

十一

"爱尔兰的女传人"

在想法和感觉习惯上，

也许。但是在伊灵 [1]

大多数人都像是银行职员？

不，"爱尔兰"是一种夸张。

她祖母告诉她要适应活计

而她遗传下来的本能

不过如此。

1　伊灵（Ealing），英格兰东部的一个城市。

十二

"腿在树皮中，达芙妮
向我伸出她的叶子手" ——
主观地。在缎面华丽的客厅里
我等待瓦伦丁女士的命令，

知道我的大衣从来就不是
那种款式，
不会撩起她
持久的激情；

有点怀疑
靓丽的礼服
对文学追求的价值，
但从未怀疑过瓦伦丁女士的职业：

诗，她的观念的边缘，
界限，不确定，不过是一种
与其他阶层混合的手段，
低的和高的都有局限；

捕获简女士目光的钩子，

对剧院的适应，

而且在革命的情形中，

一个可能的朋友和安慰者。

*

另外，把"最高级的文化

所滋养的灵魂"

带到约翰逊博士

风光过的弗利特街；

在这条街道旁边

贩卖半筒袜

早已替代了

种植缪斯女神的玫瑰。

送阕 (1919)

去，愚生的书，
告诉曾为我唱劳斯[1]之歌的她；
设若你有歌
正如你知道些主题，
那么你便会有理由宽恕
甚至那些沉重压迫我的毛病
为她的荣光铸造永生。

告诉在空中
散落这类珍宝的她，
不想别的，除了她的风华
赋予瞬间生命，
我要令它们活下去
宛如嵌在神奇琥珀中的玫瑰，
红外有橙，而全都成为
一种物质，一种颜色
抵御时间。

告诉她走路时

---

1 亨利·劳斯（Henry Lawes，1596—1662），英国十七世纪中叶作曲家。

唇上有歌

但不唱出，也不知道

歌是谁作的，某张别的嘴

或许像她的一样美，

可能会在新时代为她赢得崇拜者，

当我们的两抔尘土和沃勒[1]的一起安放，

遗忘中筛了又筛，

直到变化

消解一切，除了美。

1　埃德蒙·沃勒（Edmund Waller，1606—1687），英国诗人，国会议员，过世时被视为大诗人，后来却声誉衰落。

莫伯利

1920
撕咬空气 [1]

一

从"雅克马尔 [2] 的
蚀刻画"转向
梅萨丽娜 [3]
那纤俏的头：

"他真正的珀涅罗珀
是福楼拜"，
他的工具
是镌刻者的。

坚定，
而非丰满的笑，
他的艺术，是
侧影的艺术；

1　语出奥维德《变形记》（*Metamorphoses*）第七卷。

2　儒勒·雅克马尔（Jules Jacquemart，1837—1880），法国艺术家，其蚀刻版画尤为著名。

3　梅萨丽娜（Messalina），罗马皇帝克劳狄乌斯（Claudius）的皇后，罗马硬币上有其头像。

无色

皮耶罗·弗朗切斯卡[1]，

皮萨内洛[2]缺乏技艺

去锻造亚该亚[3]。

二

他们懂什么，关于爱，

他们又能懂什么？

如果他们不懂诗，

如果他们不能感受音乐，

他们又能懂什么，关于这种激情，

与之相比玫瑰显得粗糙，

紫罗兰的花香只是雷电？

嘉伊德·阿里[4]

三年来，音阶上如魔鬼，

他畅饮仙酿，

一切消逝，命运获胜，

1　皮耶罗·德拉·弗朗切斯卡（Piero della Francesca，约1415—1492），文艺复兴早期意大利画家、数学家。
2　安东尼奥·皮萨内洛（Antonio Pisanello，1395—1455），意大利文艺复兴早期最著名的画家之一。
3　亚该亚（Achaia），希腊伯罗奔尼撒半岛北部的古省。
4　嘉伊德·阿里（Caid Ali），庞德杜撰的名字，可视为他自己的笔名，听起来像是波斯人物。

最后阿卡迪亚[1]有了终结。

他在她的幻影中，
她的星系中穿行，
夜明珠。

*

飘荡……肆意飘荡，
请求时光摆脱……
他的困惑；指出
他新找到的兰花……

要肯定……肯定……
（空中的花）……用来整理的时间——
飘荡下去
到最后的离异；

不能在降临的空白中
从秕糠中筛出善
直到他找到他的筛子……
最终，他的地震仪：

——考虑到他有冲动
想以词语方式

1　阿卡迪亚（Arkadia），希腊二级行政区，也称乌托邦，是传说中世界的中心位置。风景优美，地理位置优越。

传达眼睑

与颧骨的关系；

想呈现徽章中

一系列好奇的头——

不觉中凝视，他已看过

宽带的虹膜

及双眼距离间

隐含的波提切利[1]式浪花；

这种确立，一年之后注意到，

掂量到，揭示出他的钟情，

（兰花），爱欲的

使命，一种回顾。

             *

咬空气的嘴，

静立的石犬，

处于变形中，

作为后记给他留下。

1　桑德罗·波提切利（Sandro Botticelli，1445—1510），十五世纪末佛罗伦萨的著名画家，欧洲文艺复兴早期佛罗伦斯画派的最后一位画家。

"时代要求"

尽管机敏，运气

发觉所有人中他

像基西拉神的红喙骏马[1]

不适合做链条嚼子。

瓷器的光泽

并未改变

他对社会无所谓的

感受。

如此，她的容颜

碰到他的目光，

柔和，仿佛

透过完美的玻璃

他没有立刻将此

运用于国家与

个人的关系，月份更为柔和

因为这种美曾经存在

---

1 红喙骏马（red-beaked steeds）指拉动爱神阿佛洛狄忒天车的鸽子，传说中阿佛洛狄忒出生于基西拉岛（Cythera）。

珊瑚岛，狮色的沙

在瓷器梦幻中绽开：

他的影像

浮躁不安。

温和，在新尼采派的叽喳中，

他的梯度感

在抵抗当下的激进中

不合时宜

邀请，对感受性的邀请

逐步把他引向孤立，

这些礼物将之置于

也许更宽容些的审视。

不断剔除，

可见的宇宙

产出一副铠甲

应对完全惊恐，

一种米诺斯式起伏，

我们承认，见于仙酿般的处境中，

令他坚强

抵御沮丧的机会教条

他活下去的欲望，

在最艰难的心境中薄弱，

在有选择的感受中

变为奥林匹亚式的无动于衷。

一种淡金色，在前述的模样中，

意想不到的棕榈

肯定摧毁艺术家的冲动，

只让他对幻觉的海潮

想象的聆听满意，

什么都说不出，做不了

不能修正或保存"更好的传统"，

完善媒介，剔除累赘，

威严的吸引或浓缩。

简直没什么，除了伤感的自白，

对人们进犯的无为，

在风雨中，缥缈的天赐食漂流，

扬起他主观的赞誉

微弱的絮语。

对人类冗余的

终极轻蔑；

对自封的"优越者"的不敬
导致，如他所知，
他从文学界
最终被排除。

四

零落的摩鹿加群岛 [1]

一天天，不知道

第一天在下个正午终结；

安静的水

未被萨姆风 [2] 搅动；

浓密的树叶

在温暖的太阳下安静，

淡棕的前岸

受洗于遗忘的钴蓝；

或透过黎明的薄雾

司法火烈鸟的

灰色

和玫瑰色；

一个断裂的意识

不过是间隔

1　摩鹿加群岛（Moluccas），印度尼西亚东北部岛屿的一组群岛，
赤道从中穿过，由大约 1000 个小岛组成。
2　萨姆风（samoon），又称西蒙风（simoon），阿拉伯半岛和
撒哈拉一带极端干热的旋风。

组成的

斑驳系列；

太平洋航行的圆编船，

未预测的海滩：

一支船桨上

刻着：

"我曾活着

但不再存在；

这里漂流过

一个享乐主义者。"

徽章

瓷制的卢伊尼[1]！
三角钢琴
以她清亮的高音
发出世俗的抗议。

光滑的脑袋
从金黄的罩衫探出
犹如雷纳克[2]
开篇中的亚娜迪奥美尼[3]。

蜜红，椭圆形的脸蛋
环绕柳篮织纹的辫子，宛如
以金属或桀骜的琥珀编成
在米诺斯[4]的王庭；

---

1 伯纳迪诺·卢伊尼（Bernardino Luini，约 1481—1532），意大利画家，达·芬奇追随者。
2 萨洛蒙·雷纳克（Salomon Reinach，1858—1932），法国犹太考古学家、宗教史家。
3 亚娜迪奥美尼（Anadyomene），希腊语升起之意，即指阿佛洛狄忒，古希腊神话中爱情与美丽女神。
4 米诺斯（Minos），古希腊神话中克里特之王，宙斯和欧罗巴（Europa）之子。

玻璃下的脸蛋，

在其雅致的边界里灿烂，如同

半瓦特光线下

双眼化为黄玉。

辑七　早期诗作选

在年迈的时候

"因为我们老了，
大地激情死了；
我们已经看他死了一千次，
他衰陨时，古老的风凄号，
因为我们老了
激情已经为我们死了一千次
　　　但我们从未倦怠。

"记忆零落，而莲所爱的钟声
沉入风的飒飒，
但我们从不倦怠
因为我们老了。

"夜色中你惊奇的眼神
不死，虽然激情沿着
大角星的场域飞翔
不再在我们手中；
我的嘴唇冰冷。

"但我们俩永不倦怠，
而奇妙的夜景依然降临于我们。

树叶在其飒飒中绾住我们的惊奇，
风以奇异的词语充塞我们的嘴巴
只因我们从不衰老的惊奇。

"我们的日子的蛾辰已经降临
　　握住黎明；
我们的眼中有奇妙的夜景
因为蛾辰把黎明
当作少女引领，握住她的手指，
黎明的玫瑰色纤细的手指。"

他说："古老的黎明战士
　　　　带着红矛。
　　奇怪！爱，你是否已忘记
　　　　黎明的红矛？"

她说："没，我记得，但现在
　　来了黎明，以及蛾辰
　　　　跟他一起；轻柔地
　　　　　　因为我们老了。"

伴侣情

至于景致，我在繁盛之乡。

有时感到你的面颊贴着我的脸
贴紧，轻柔如南方最初的气息
召唤大地微妙的一切
引入树林和草地的春天。

对，有时在人群熙攘的地方
我感觉到你的长发
漫游过我的眼睛，恰似迷雾
一时圣化空气，赋予万物优雅。

或者在静谧的夜晚，当雨落霏霏
点滴中有一种颤动，我的脉动
加速，知道你的思绪掠过
将你裸露，正如风裸露玫瑰。

格劳克斯逸兴诗

> 凝视她，我感觉自己内在变为
> 格劳克斯所变为，在他品尝了
> 使他成为别的海神同伴的仙草。
>
> 《神曲·天堂》首章，67—69 行

一

他去哪儿，我不会跟随他。

　　他的眼睛
今天诡异。它们向来如此，
大海的亲属，自成一体。
今天我找到他了。已然很久，
我在网中寻觅他，而当我问
渔夫们，他们全都笑我。
漫长的日子里我在悬崖中寻觅
想找到他栖身之所，然后
在蔚蓝的洞口我的欣悦
多出痛苦，只因突然见到他活着。
他去哪儿，我不会跟着来，似乎
他已疏离于其他的一切，
整个大海现在都成了他的奇妙家园。
他可能会沉到诡异的深处，他跟我说，

按我们的猜想没有一丝光。
甚至现在他还在说些诡异的词语。
他跟我说的话的内涵我有一半没明白。
当我一无所见时，他突然一跃而起
一道银光射过，向下，远去。
我在这块岩石上已经待了三天，
他却再也不来了。
他似乎甚至不知道
我看着他划过玻璃般的深海。

二

他们责怪我，我编织的那一束
现在提不起我的兴致，
他们在路上嘲笑我。哎，我又来了。
昨晚我看到三个白色的形体移动，
向外，过了带着白沫浪尖的巨澜。
不知怎么，我知道他就在其中。
嘿哟，嘿哟！我想他们每次
从海心上来到我们的空气领域
他们离海岸更为遥远了。
我第一次在这儿找到他时，他在睡觉，
整个长夜穿越大海倒也不奇怪。
他稍微醒过来时，往昔善意的笑意
逗留在唇边，让我觉得亲切。

然后诡异的光线却掠过灰深的眼睛

仿佛他看到远方，却没看到我，

当他动身说话时，有些难受。

然后拈草，叫我吃。

然后忘我于大海及其魅力中

然后跳进波涛，就这么消逝了。

三

我疑惑他为什么用草来嘲笑我。

我不知道已经过了多久

自从我不在我妈家里住了。

我知道他们觉得我疯了，因为一整夜

我都在海边徘徊，心想或许有一天

我会找到他拿给我的那种草。

也许他没在开玩笑；他们说有些药草

比老妇们能从中得到的有更广阔的法力。

也许，只要我找到这种草，他就会再来。

也许这是要把我弄到这里的诡异的符咒，

这当中他不会离开他新找到的骑着大海

两英尺高的骏马，在暴风雨中狂笑

并破坏渔夫的渔网的这帮家伙。

嘿哟，嘿哟！

歌

　　　　　风中的声音

我们穿过蓝衣和松鼠毛

所有的海洞

都是旧时相识，知道我们新找到的同伴，

有许多海民

攀登秘密梯子……

　　　　　走出风中

　　　　嘿哟，嘿哟！

我疑惑为什么风，甚至风都似乎

在嘲笑我，整夜，整夜，而我

只在这里的悬崖中漫步。

他们说有一天我会

从大海咬开的缝隙中跌落，再也

不知道太阳的暖袍，用露水沐浴

抚慰我疲惫的眼睛。

他们试图把我藏在四壁中。

我才不呆呢！

　　　　　　嘿哟！

风说:"嘿哟!"

　　　我现在很累了。

　　　我知道草

必须在这色雷斯海岸某处生长，
只要他来一会儿，为我找到它。

格劳克斯挽歌到此结束

辑八　诗章

第一章 [1]

然后下到船上去，

把龙骨朝向海浪，在神圣的海上启航

我们竖起桅杆，在那艘黝黑之船上前行，

船上载着羊群，我们的身体

因为哭泣而沉重，船尾吹来的风

把帆布船帆吹得鼓胀，送我们出海，

这艘船属于喀耳刻，那秀发女神

我们坐在船上，风猛打舵轮，

船帆张开，我们航行直到日落

太阳睡去，阴影落满海面，

我们航行到最深的海域，

来到辛梅里安人之地，有人居住的城市

那里笼罩着细密蛛网般的迷雾

从未被灿烂的阳光刺穿

星光也从未到达，无人从天堂回首

那些凄惨的人群笼罩在黑漆漆的夜里

海水洄流，我们来到这里

喀耳刻曾提及之地

---

1 诗章的第一章，庞德依据荷马史诗《奥德赛》第十一卷仿写。诗中的我们指奥德修斯和与他同行的人。奥德修斯在冥府向盲人先知忒瑞西阿斯的魂灵请教自己的归程。

珀里墨德斯[1] 和欧律洛科斯[2] 在此祭拜，

我从胯下抽出剑来

挖出 L 形的沟渠，

为每一位死者洒酒祭奠，

先倒出蜂蜜酒，接着是甜甜的葡萄酒，白面粉掺和

　着水，

然后我不停地祷告，对着恶心的骷髅，

按照伊萨卡的习惯，要用最健壮的阉牛

祭祀，架起柴堆，

单独献给忒瑞西阿斯[3] 的那只黑羊，系着铃铛

暗红的血在沟渠里流淌，

那些魂灵，厄瑞玻斯，惨白的死者，新娘子

年轻人，饱经风霜的老人，

被新泪打湿的魂灵，温柔的少女，

众多男人，被青铜矛头刺中，

倒在战场上，套着沉重的铠甲，

那么多魂灵围绕着我，面色苍白，

叫喊着，让我的人献上更多的牲畜，

屠宰那些羊，用青铜杀死，

倾倒油膏，向众神哭喊，

1　珀里墨德斯（Perimedes），《奥德赛》中的人物。

2　欧律洛科斯（Eurylochus），《奥德赛》中的人物。

3　忒瑞西阿斯（Tiresias），古希腊神话中底比斯的一位盲人预言者，曾预言酒神狄俄尼索斯的到来。据荷马史诗《奥德赛》，他在冥界仍有预言的才能，英雄奥德修斯曾被派往冥界请他预卜未来。

向强壮的普鲁托[1]哭喊，赞美普洛塞尔皮娜[2]

我拔出细长的剑，

坐下驱赶那些鲁莽虚弱的死者，

想听清忒瑞西阿斯说些什么

可是厄尔皮诺[3]先到了，我们的朋友厄尔皮诺，

还未掩埋，被扔在空旷之地，

遗体被我们遗弃在咯耳刻的房子里，

无人悲泣，连块裹尸布都没有，被其他事催迫

可怜的亡灵　　　我急声喊道

"厄尔皮诺，你怎么会来到这幽暗海岸？

你走着怎么比水手还快？"

　　　　　他语气沉重

"命不好，酒过量，我在咯耳刻的炉边睡着了

爬下长梯时没提防

我跌倒撞到扶壁上，

摔断了脖子，灵魂就摸到了地狱。

但我的王啊，我求您记住我，没人哀悼，没人掩埋，

请把我的盔甲收集，把我埋在海边，在墓碑上刻下

时运不济，来日扬名

再把我的桨插在地上，我和同伴们一起划过。"

1　普鲁托（Pluto），古罗马神话中的冥王。

2　普洛塞尔皮娜（Proserpine），普鲁托之妻，冥后。

3　厄尔皮诺（Elpenor），奥德赛的同行者。

这时安提克勒亚[1]出现了，被我赶走，然后是底比斯

人忒瑞西阿斯，

手持金杖，他认出了我，抢先说道：

"第二遭了？为什么？灾星之人，

面对不见天日的死者，在这悲苦之地？

别站在沟渠这里，把血饮给我留下

我要用它来占卜"

我往后退，

他饮血后血气方刚，接着说道，"奥德修斯

归途会遭遇海神的陷阱，在漆黑的海上，

失去所有同伴"接着安提克勒亚出现了。

迪乌斯安静地躺着，我是说，安德烈亚斯·迪乌斯[2]

在维切利书坊，1538年，译自荷马

然后他起航，绕过塞壬[3]，一直向远方航行

直至来到喀耳刻。

可敬者，

克里特[4]人说，戴着金冠，阿佛洛狄忒

塞浦路斯城堡是她的属地[5]，欢娱，青铜

---

1 奥德修斯的母亲，在他常年漂泊期间去世。

2 安德烈亚斯·迪乌斯（Andreas Divus），生卒年月不详，文艺复兴时期学者，将《奥德赛》翻译为拉丁文。接着提到的维切利，是迪乌斯译本的法国出版人。

3 塞壬（Siren），古希腊神话中人首鸟身女妖，惯以美妙歌声引诱水手，使他们的船只触礁或驶入危险海域。

4 克里特（Crete），位于希腊南端，是爱琴海中最大的岛屿。

5 原文为拉丁文：Cypri munimenta sortita est。

系着金腰带和护胸，眼影幽暗

手握亚济齐达¹的金枝。所以²

---

1 亚济齐达（Argicida），杀阿尔戈斯（Argos）者，指赫尔墨斯（Hermes）。

2 《诗章》的第一章，以"and"（然后）起始，以"So that"（所以）结束，开放式的结构，表现出诗是对历史的继承，并将继续延续下去。标点符号按原文标注。

第二章

见鬼去，罗伯特·勃朗宁

只能有唯一的"索尔代洛"[1]

但索尔代洛，我的索尔代洛？

索尔代洛来自曼托瓦[2]

司马相如在海中翻动

海豹在悬崖下浪涛反冲出的白圈中嬉戏，

光亮的头，李尔[3]的女儿，

　　　　毕加索的眼睛

黑色毛皮帽下，海洋的女儿，

波浪在海滩沟槽中奔流

"埃莉诺[4]，毁船，毁人[5]！"

　　　　可怜的老荷马，盲瞽，盲瞽，一如蝙蝠

耳朵，耳朵听海澜，老人声音的絮叨

"让她回到船上，

回到希腊面孔中，以免厄运降临我们。

1　索尔代洛（Sordello），十三世纪意大利吟游诗人。庞德称勃朗宁的《索尔代洛》（1840）为"乔叟以来最好的英语长诗"。
2　原文为普罗旺斯语，出自一部索尔代洛传记手稿。曼托瓦（Mantua），意大利北部城市。
3　李尔（Lir），凯尔特神话中的海神。
4　埃莉诺（Eleanor），古希腊神话中被特洛伊王子帕里斯（Paris）引诱，导致特洛伊战争的海伦。
5　原文为希腊语。

厄运，依然厄运，一个诅咒直诅咒到我们的子孙，

动，对，她动如女神·

她有神的面孔

　　　　还有舍埃尼[1]女儿们的声音，

她走，恶运跟着走，

让她回到船上，

　　　　回到希腊声音中。"

就在海滨，提洛[2]，

海神扭曲的臂膀，

海水轻盈的筋络，抓住她，横抱着，

波浪的青灰色琉璃笼罩他们，

水的炫蓝，寒涌，密封，

安静的日褐色沙滩，

海鸥展开它们的翅膀

　　　　在舒张的羽翼间啄食，

沙锥前来洗浴

　　　　折伸它们的翼关节，

向阳光纱幕铺张它们的翅膀，

希俄斯岛[3]旁，

1　舍埃尼（Schoeney），指古希腊神话中贝奥提亚（Boeotia）国王斯科耶涅欧斯（Σχοινεύς）。十六世纪中期戈尔丁（Arthur Golding）英译古罗马诗人奥维德著作《变形记》，将其名英语化。舍埃尼的女儿之一阿塔兰忒（Atalanta）是女猎手，善跑，自称只愿嫁跑得过她的人，以致许多男人为其美貌而身亡。

2　提洛（Tyro），古希腊神话中的色萨利（Thessaly）公主，被伪装成河神厄尼普斯（Enipeus）的海神波塞冬诱奸。

3　希俄斯岛（Scios），希腊岛屿，传说为荷马的诞生地。

纳克索斯[1]航道左边，

舟形岩石长满

海藻，附着在其边缘，

浅水中有酒红的光耀

太阳下锡光一闪

船停泊在希俄斯，

渴望泉水的人们，

岩石池边，一个带着葡萄汁味的懒洋洋的少年，

"到纳克索斯吗？我们带你去。"

来吧，孩子。""不是那边！"

"对，那头才是纳克索斯"

我说，"这是直达船。"

一个意大利来的前科犯

把我打进前桅支索中

（他在托斯卡纳因杀人被通缉）

全部二十个人对付我，

为一点奴隶钱而发疯

他们把她驶出希俄斯

偏离航线

男孩醒过来，喧嚣再起，

向船头看出去，

向东，向纳克索斯通道

1　纳克索斯（Naxos），酒神崇拜的发源地之一。

神技来了，神技

　　　　船在海旋中静若树桩，

桨上有藤蔓，彭透斯王 [1]

　　　　无籽却有海沫的葡萄，

藤蔓在排水口里

对，我，阿凯提斯 [2]，站在那里。

　　　　而神站在我身旁，

水在龙骨下如刀割，

船尾向前破海，

　　　　尾浪从船头奔流，

舷缘所在，此时已是藤干，

　　　　葡萄叶在桨架上，

藤蔓压桨轴，

无中生有，一种呼吸，

　　　　我的足踝上有了热气，

众兽像琉璃中的影子

　　　　一条毛尾在虚无之上，

猞猁唧唧，本来是焦油味

　　　　成了众兽的石楠味，

群兽的鼻息和垫掌，

　　　　黑色空气中射出的眼光

天空阴郁，干燥，没有风暴

1　彭透斯（Penteus），古希腊神话中的底比斯国王，因绑架酒神狄俄尼索斯，被酒神的女祭司们撕碎。

2　阿凯提斯（Acœtes），奥维德《变形记》中的渔民与领航者。

群兽的鼻息和肉掌，

　　　　毛发拂过我的膝肤，

气鞘簌簌之声，

　　　　以太中的干燥形式

船在船坞中像龙骨

　　　　像头牛吊在铁匠的吊索上，

肋骨牢固在两边，

　　　　葡萄串在架子上，

　　　　虚无的空气生毛

没有生命的空气生出筋络，

　　　　黑豹的猫科闲适，

豹子在排水口边嗅葡萄嫩芽，

前舱卧伏的黑豹，

我们周围大海湛蓝，

　　　　阴影青红，

吕埃俄斯[1]"从现在起，阿凯提斯，我的祭坛，

无惧束缚，

　　　　无惧森林猫兽，

与我的猞猁平安共处

　　　　给我的豹子喂葡萄，

乳香便是敬我的香，

　　　　藤蔓在对我的拜谒中生长。"

黑涌流在舵链中现在平顺了

―――――――

1　吕埃俄斯（Lyæus），酒神狄俄尼索斯的别名，意为"解忧者"。

鼠海豚的黑鼻

　　　　　吕凯普斯[1]曾在处,

鱼鳞长满划桨人

　　　　　而我崇拜

我已见我所见

　　　　　他们把男孩带来时我说

"他体内有神,

虽然我不知道是哪个神。"

　　　　他们把我踢进前桅支索

我已见我所见

　　　　　梅东[2]的脸就像平鱼脸,

双臂缩成了鳍,而你,彭透斯

最好听一听忒瑞西阿斯,以及卡德摩斯[3],

　　　　　否则你不会再走运

鱼鳞长满胯间肌肉,

　　　　　猞猁在海中唧唧

而一年后,

　　　　　在酒红的海藻中苍白,

如果你俯身从岩石上看,

　　　　　浪色下的珊瑚脸,

水流迁移下的玫瑰淡色,

1　吕凯普斯(Lycabs),奥维德《变形记》中尤利西斯(即奥德修斯)的船员。

2　梅东(Medon),奥维德《变形记》中尤利西斯的船员。

3　卡德摩斯(Cadmus),古希腊神话中的腓尼基王子。

伊柳塞拉[1]，海边美丽的达芙妮，

游泳者的臂膀化作枝干，

谁会说在哪年

逃避哪一群海神，

平滑的眉毛，见了，半见，

现在象牙般寂静。

司马相如在海中翻动，

以长月为搅棍

水轻盈旋转，

波塞冬的筋脉，

黑色的朗天和晶莹，

琉璃浪冲过提洛，

密封，不宁静，

浪条明亮的回旋，

然后安静的水，

在暗黄的沙中安静，

海禽伸展翼关节，

在岩穴和沙穴中激溅

在半沙丘的浪流中，

潮水中，阳光下波涛的琉璃光，

赫斯珀洛斯[2]的苍白，

1　伊柳塞拉（Ileuthyeria），源自希腊文 Eleutheria，意为自由。
在古希腊，这个词首先具有政治含义，古希腊城邦就是以它为中
心而形成的。
2　赫斯珀洛斯（Hesperus），古希腊神话中的黄昏星，即金星。

288

海浪的灰峰，

　　　　海浪，葡萄肉浆的颜色，

近处，橄榄灰，

　　　　远处，石滑坡的炊烟灰，

鱼鹰鲑色的羽翼

　　　　在水中投下灰色的阴影，

塔楼像独眼巨雁

　　　　从橄榄林中鹤腾而出

在橄榄树下的干草味中

　　　　我们已听到躲避普罗透斯[1]的羊人，

在半暝色中

　　　　青蛙对羊人歌唱

而[2]

1　普罗透斯（Proteus），古希腊神话中的海神之一，波塞冬的侍从。其形体变幻莫测，很难被捉住，可预言未来。
2　原文为英文"and"，庞德意在表现诗章的连续性。

第四十五章

自有高利贷

自有高利贷便没人有好石头房

每块切割平滑，结合完善

那种设计或会遮住他们的脸，

自有高利贷

便没人在教堂墙上拥有画出的天堂

竖琴和曲颈琴

或者处女接旨处

从镌刻而来的光环投射

自有高利贷

便没人看到贡扎加[1]他的继承人他的妾室

作画不为传世，亦不为伴人生活

而是为了卖，赶快卖

自有高利贷，违逆自然的罪孽，

你的面包甚于陈腐的破布

你的面包干得像纸，

没有山地小麦，没有强筋面粉

自有高利贷线条便变粗了

1　贡扎加（Gonzaga），一个享誉欧洲的意大利贵族世家，1328
年到 1707 年统治意大利曼托瓦公国。

自有高利贷便没有清晰的界限

没人能找到栖身之所。

石刻匠与石头分离

纺织工与织机分离

自有高利贷

羊毛不再来市场

绵羊不带来收获

高利贷是瘟疫，高利贷

磨钝了少女手中的针

中止了纺纱者的灵巧。靠高利贷

来不了彼得罗·隆巴尔多[1]

靠高利贷来不了杜乔[2]

来不了皮耶罗·德拉·弗朗切斯卡；来不了
　祖安·贝林[3]

《中伤》不是靠高利贷画成。

靠高利贷来不了安吉利科[4]；来不了安布罗吉奥·普雷
　迪斯[5]，

来不了署名的石刻教堂：亚当造我。

---

[1]　彼得罗·隆巴尔多（Pietro Lombardo，1435—1516），十五世纪后半叶威尼斯建筑的代表人物，著名的威尼斯圣马可学校是其代表作。
[2]　杜乔·迪·博尼塞尼亚（Duccio di Buoninsegna，1255—1319），意大利锡耶纳画派创始人，中世纪最伟大的意大利画家之一。
[3]　祖安·贝林（Zuan Bellin，约1430—约1516），意大利画家。
[4]　弗拉·安吉利科（Fra Angelico，约1400—1455），意大利文艺复兴早期画家、多米尼加派修士。
[5]　乔凡尼·安布罗吉奥·德·普雷迪斯（Giovanni Ambrogio de Predis，1455—1508），意大利文艺复兴时期的著名画家、铸币师。

圣托菲姆[1]不靠高利贷

圣伊莱尔[2]不靠高利贷,

高利贷锈了凿子

锈了工艺和工匠

咬噬织机上的线

没人去学用黄金织出纹理

湛蓝因高利贷而溃腐;法国红布不再绣花

祖母绿找不到梅姆林[3]

高利贷杀死子宫中的孩子

阻挠年轻人的求爱

把风瘫带到床上,躺在

年轻的新娘新郎之间

违反自然

他们给厄琉息斯[4]带来娼妓

依高利贷之命

尸体上了宴席。

1 阿尔勒的圣托菲姆大教堂(Cathédrale Saint-Trophime d'Arles),仿罗马与歌德建筑风格,位于法国南部普罗旺斯地区。
2 圣伊莱尔教堂(Saint Hilaire),位于法国卢瓦河地区,教堂建于十一世纪,中庭布满华丽的宗教壁画。壁画在二十世纪五十年代被修复,并于1979年被列为历史遗产。
3 梅姆林博物馆(Memling Museum),位于比利时布鲁日(Bruges),前身是老圣约翰医院(Sint-Janshospitaal),因馆藏汉斯·梅姆林(Hans Memling)名画得名。
4 厄琉息斯(Eleusis),亦称伊莱夫希纳(Elefsina),雅典附近小镇,古代厄琉息斯秘仪圣地。这种秘仪本为农事庆典,出于丰收女神墨忒耳之女珀耳塞福涅被劫入阴间又终回阳世的曲折故事,后来演变为关乎来世和永生的秘传宗教仪式。

第四十九章

为七湖，无人写出这些诗句

雨，空江，一次航行

火出冻云，大雨暮霭中

屋檐下一盏灯笼

芦荻沉沉，弯垂

竹林诉说，仿佛呜咽

秋月，群山环湖而立

背靠日落

黄昏宛如云的帘幕

涟漪上一片朦胧，透过来

桂树尖锐的长钉，

寒曲苇中

山后梵钟

随风飘来

四月风帆过此，或许十月归来

船隐于银光，慢慢地

太阳独燃一江水

酒旗抓住日落处

斜晖中炊烟疏落

江上飞来雪絮

天地为玉所掩

扁舟漂如灯彩

流水凝结，似不胜寒。而在山阴

他们是悠闲一族

大雁扑向沙洲

云拢聚窗口

水阔，群雁与秋一线

凫鸟在渔火上空聒噪

一道光在北边天际线闪动

男孩们在那儿探石抓虾

一七零零，清[1] 来到这片湖山

一道光在南边天际线闪动

国家创造财富就该陷入债务？

这是奸慝，这是革律翁[2]

这条运河依然通向天市

虽然昔王建之是为了享乐

---

1 清（Tsing），指清朝。

2 革律翁（Geryon），古希腊神话中的三头四翼巨人，但丁以之为高利贷的化身，庞德更说地狱充满钱臭，高利贷——革律翁是其象征——违反自然，具有掠夺性和欺诈性，与农业那样的生产性劳动背道而驰。

卿云烂兮

缦缦兮

日月光华

旦复旦兮

日出，劳作

日落，休息

挖井而喝水

耕地而吃粮

帝力是什么？于我辈是什么？

第四度，静谧之维

驾驭野兽的力量

第五十三章

有巢教人折枝条

燧人立台，教交易

教结绳

伏羲教人种粟

公元前2837年

他们依然知道他的墓在哪里

坚固墙体之间，高挺柏树之下。

五谷，神农说即

麦、稻、黍、稷、菽

制作犁，一用就是五千年

然后迁其廷至曲阜县

正午集市

"带我们所无到此"，药店说

轩辕捕获十五虎

　　　　　以鸟迹造符号

黄帝想出制砖法

其妻开始治丝蚕

　　　　　黄帝时代已有货币。

他量出排箫管长

以便能为歌作曲

公元前两千六百十一年（那是）

　　　娶四妻，得二十五子

他的墓如今在桥山

帝誉命其文臣依曲填词

　　　葬于顿丘

这是公元前二十五世纪

　　　尧如日如雨

观阳止天有何星

观仲夏里现何星

禹，治水者

　　　　黑土肥沃，野蚕丝依然出自山东

囤积，分到各省

　　　　让其民以实物纳税。

"徐州以五色土缴纳，

禺山缴稚羽

玉山纳泡桐。

　　　　琴瑟即以此木制作。

出自泗水的响石

以及叫作青茅的草或仙草，

舜承上帝或上天之命

推日移星

　　　你诗达你意

297

而音乐和谐

尧舜禹 皋陶

丰盛。

然后一位皇后腹中怀少康逃亡。

伏羲以木德；

神农以火；黄帝以土治，

少昊以金。

颛顼为君，正如水。

禹，治理

舜，种植

地表不足，

　　　　　上帝无所不察。

连年无水来，无雨降

　　　　对帝成汤来说

谷物匮乏，物价高企

以致 1760 年成汤开铜矿（公元前）

造方孔圆碟

　　　分与民众

他们可用来买粮

　　　　有粮处

仓廪空

七年无收成

　　　在巴鲁巴造成雷雨

成汤在山上祈祷，

　　　将新

写在浴盆上

　　　日日新

砍灌木

堆木头

使其长

汤百岁而殂。

在其执政第十三年。

　　　"我们升，夏朝落。"

好色无度

好财无度

喜欢巡狩。"

　　　唯有上帝在上统治。

汤不吝赞辞：

　　　念其劳苦，这些子民

　　　若您想坐稳帝位。

夏！夏亡了

因不敬神灵，

因民众劳苦。

            非靠尔德

            乃靠成汤之德

荣耀归禹，疏通水者

尊崇成汤

荣耀归伊尹

找年长男人，新颖工具

五百年后来了文王

公元前 1231 年

叔叔箕子说：珍宝！

            你只会吃熊掌。

在大理石鹿台，门用碧玉制造

那个宫殿十年才建成

妲己，宫殿，白日灯火通明，

            现在把九侯之女

            放牛体内烤了，上席了。

他们弄出易经

            以作揣测

在牧野平原，纣辛以移动森林之姿来了

            武王入城，放粮直至财尽

以九鼎为证，止戈偃武

            归马于华山

放牛于桃林

从冬至纪其年

其朝属红。

八至十五岁孩子入庠序，高等教养

箴言写满墙壁：

　　　　"运用其法其乐

　　　　使其各有所归

　　　　承平时则养士

　　　　善政下多积德

　　　　一切失于夜嬉。"

车辆装有盒子，其中有针

　　　　指向南方

称为南车。

　　　　洛阳在中国，长度

　　　　17200 英尺。周公说：真圣不求安逸

　　　　不劳而获的希冀疯狂

你们的先祖在人群中

　　　　装扮为人群一员

照顾人们的需要，

　　　　即位时已年迈

依照至日

　　　　公元前一一〇六年去世

　　　　其遗作片段还在

"善治者如草上风

好君王降税赋"

成王以猞猁眼监管官吏

　　　　猞猁眼监管货币

301

一铢是一两的二十四分之一

　　　　　或一百粒小米的重量

布或丝绸一匹

　　　　　为四丈

统治直到 1079 年

　　　　　其间天下太平

要求学位帽状的旒冕

　　　　　将宝石在桌上摊开

说这是我的嘱咐，我的遗嘱：

　　　　　保持太平

保持此太平，关怀庶民。

　　　　　仅仅十行，他的遗书

召公招来史官

　　　　　为一席珠宝铺开

白、紫锦缎，如成王接见王子时

在西方王位台上

　　　　　放置顾命

　　古代先王宪法和两种石头

弘璧和琬琰

东台上放华山之珠

群岛之珠，以及舜之天球

以彰显天文。前朝

殷之舞服[1]，还有八尺大鼓

1　庞德原文"And the dance robes of In/ the old dynasty"显然误以 In 为"殷"，在此照译，但本应作"胤之舞衣"。

就位以奏鼓乐。矛、弓，

簴，各式武器放在东边。

第一等席是缎边蔺草

第二等席是竹子

第三等席是树皮

以灰毛皮冠加冕，还有二十英尺长钺戟。

（公元前一〇七八年）

"珍宝台边，先父遗训，

以留给我们的法律治国

      保帝国平安，

文王、武王乃尔先父。"

于是康王即位。

庭院中，白马红鬃。

      "吾从周，"孔子说。

      孔子是说政治上从周。

文王和武王有贤能，像熊一样强

      年轻的康王说：

            帮我保平安！

你们的祖先一个个接受我们的统治，

      拥戴我们的统治，

荣耀属于监国召公。

      让他名传三千年

使耕者有其田

      不只是犁耕之田

而且用于养蚕

桑树成林

定期集市

贸易带来繁荣，监狱也都空了。

"尧舜回来了"

农夫唱道

"平安和繁荣带来德操。"我

"从周"，五百年后孔子说。

心中想的就是这个时代。

周

康王十六年死了鲁公

伯禽，太平之友，庶民之友

周公哲嗣

康王二十六年，不倦的召公

卒于国务旅程中

此后人们再也不坎斫

他坐在下面秉公办案

丈量土地的梨树的枝条。

时至今日你会听到人们唱

种梨树，不要怕

切莫折梨枝

它为召公遮阴

他以此庇荫；

他就在你们的树荫中乘过凉。

康王在位二十六年殂逝。　　　　　公元前 1053 年

月色昏暗

水沸于井，昭王驾崩

       庶民欢欣。

昭王狩猎，驰骋耕地

穆王说：

       "若蹈虎尾，

       涉于春冰

今命尔予翼"

       然后陷入虚荣

不听规劝，领万人出猎，带回

四匹狼，四只鹿

       他的人还是野蛮人

但年近百岁时

       他又有所补偿

刑法出自舜，

       必然而然

疑则不罚，排除无关证据。

穆王之法系中正之法，充当枢轴。

出于法庭罚款和法官收益之财

       不成财政

如《书经》之《吕刑》所言。

公有三女，

来到泾水，

       王上沉默十月

第十二月他，共王

火烧城池，方才罢休

歌谣讽刺懿王，大冰雹降临

孝王

杀死牛群，汉水冻结。

此时出现贩马人非子

勤奋，出自没落家族伯益

成了掌马官，成了秦国公

　　厉王好银，有谏文记

"尽职王子，警惕

银所流通"

　　　　民间现金的流动

"后稷的荣光有了阴影

　　　　其荣耀不死，看到其民用此物者。

你们的家世终结于我们。"

公元前 860 年　　　芮良夫，谏文

召公说：民之有口也

　　　　犹土之有山川也

　　　　财用于是乎出。

做中华四海之主

　　　　一人得让众人作诗

　　　　他得让民众演喜剧

　　　　让史官记录下事实

　　　　让贫困者咒骂税赋。

周召共和。宣王西逐西戎靻人

对其赞誉至今不绝：宣王伐戎

他任命召穆公领军作战，

淮土，淮河浇灌

黍，酒，用以祭祀。

淮河边战阵立刻摆开

敏捷的武士如飞人，像长江

　　　　壮如长江

　　　他们挺立如高山

　　　他们行动如流水

皇帝不急躁：他谋而后动

韩侯建城近燕

　　　教民种五谷

　　　谢邑建成

连续四年大旱。

　　　礼即：

春天首月九日前

他斋戒。带着金杯麦酒

　　　他出行春耕

按田畦耕地

　　　礼成吃牛肉

　　　　而宣王未行礼

饥馑后，凡有麻可织

　　　有松树处，召回民众

宣王置民于河流过处

　　　他听到大雁哀号

乡野之所

　　　　哀恸过后

　　　　我们在此定居

我们的子孙会继承我们的产业

妃子褒姒引来地震。西周沦陷

　　　　愚蠢，愚蠢，假烽火非真预警

　　　　岐山裂。

岐山崩于幽王六年十月

太阳无光，河流冰封……

　　　　此时晋崛起，毗邻鞑靼的侯国

诸侯盛，帝国衰

晋逐鞑靼，王土荒芜

周陵颓废

　　　　从那一年起再无秩序

无人受人统辖

　　　　九州不再统一

　　　　不再捆在一起

天空暗淡，无云无星

　　　　子夜时星辰如雨

　　　　　　战争，

　　　　　　　　无趣的战争

百年战争的倦怠。

　　　　王子躁动，弑襄王

杀坏王，立好王，文公

终于执掌宋地

据说襄王出猎而亡

文公爱民。

鲁国不悦

他们的理查 [1] 毒死年轻王子。

一切血腥、谋杀、背叛——

文公第一任夫人的儿子

灵公喜欢从篱笆射击

你会看到他在墙后拿着箭

又用弹弓射行人取乐

这个王子好吃熊掌。

禹九鼎为证，景公

听周乐而结盟

这是两次日食之年

叔梁纥管城门

名"丘"，因为头顶隆起

宋人，世居鲁地

其次子即孔夫子

教与未教。孔子和厄琉息斯

独授弟子。

孔子贫穷，监管食物

丌氏报告予以拔擢

仲
尼

1　英格兰理查三世（Richard III of England，1452—1485）本为
格洛斯特公爵（Duke of Gloucester），其兄爱德华四世（Edward
IV）过世后，他以护国公身份替侄子爱德华五世（Edward V）
摄政，随后将爱德华五世及其弟鲁斯伯里的理查（Richard of
Shrewsbury）送进伦敦塔后，自己篡位登基。两位塔中王子再也
未能出来，据信被他谋害。

孔子成了乘田

彼时飨宴如常，孔子考察集市

那年天蝎座有彗星

        他们在船上夜战于江

景王想玩花样

      更换货币

        不顾朝臣意见，

以铸大钱获利。

致敬义不从命者，

      景公说"那是个好主意

但我年迈，不便施行。"

      从来没有过那么多日食。

然后孔夫子成了司寇，旋即对少正卯下手

      枭其首

其心伪而狡诈

      利舌欺妄如流

一个怀记邪恶，乐于行恶之人

鲁兴盛。齐遣女以毁之

      孔夫子隐退

在郑有人说：

      此人有尧的额头

皋陶的项颈，子产的肩膀，

高如大禹，徘徊于东门前

      如丧家之犬。

错了，孔子说，其谈帝王之言

至于丧家犬，完全正确。

他在陈七天没有食物

　　他人皆病，孔子奏乐

"吟唱甚于平时"

致敬庶子郢

孔子困绝于陈蔡荒野中

　　唯独楚军解其困

　　　　曹历二十五代而亡

孔子删三千诗为三百

彗星自荧星至心星，两度长

敬王四十年

孔子逝，卒年七十三

闵公一系延续六百年

　　有八十四侯

蠢猪想拓土

明君思治国

　　范蠡泛舟五湖

收礼，不修大路

仲夏下雪

　　杏开寒冬，山不卫国

激流复如是，泰山黄河亦如此

篡位，嫉妒，税赋

贪婪，谋杀，税赋，关税

338 年公孙鞅死

苏秦，武备喧嚣，战争宣传。

张仪为秦效力

　　　脑力活，阅人甚多

昭襄王自命"西帝"

齐王称为笑话

乐毅轻徭薄赋。

至于孔子或孔夫子，其父"丘"

他攻一城时

他的人从悬门下穿过

守军此时放门落下，于是丘

肩顶全部压力，坚持到他的人

最后一个也退了出来。

　　　孔夫子出于如斯血脉。

第六十章

耶稣会士从欧洲带来天文学

（伽利略学说，邪说）

音乐，以及物理学

闵明我、殷铎泽、南怀仁

柏应理，陛下的臣民，

　　　　规范礼坛

确实，欧洲人执着地穿越那么多险阻

给我们带来天文学，奠定炮兵

内战中对我们助益良多，

应该嘉奖在与俄国人谈判中他们的功劳

他们没生事端

　　　　我们允许喇嘛、和尚和道士各行其教

只禁止这些欧洲人去他们的礼拜堂

似乎不合情理。我们因而认为

应该不加歧视

允许他们祷告，焚香

　　　　康熙三十一年二月三日

帝国十七位王公，本皇帝十七个内阁大臣

神父张诚、洪若翰、白晋

公元 1693 年带奎宁入宫

于是耶稣会在北京宫内

皇城立足

征噶尔丹之战中费扬古

力战厄鲁特和回部

皇上连发六箭射六雉

给太子送去一匹厄鲁特马

说不知道旱地豆饲料他是否适应

一同送去喀尔喀羊以为犒赏

　　　慈父康熙

黄河冻结。鄂尔多斯差不多就像

我们在京时想的那样，

随便狩猎，非常愉悦，许多野鸡野兔

草地优良。黄河冰封半英寸厚

鄂尔多斯秩序良好，蒙古习俗全部保持，

皇子和睦，无人篡位

尤其善于养育牲畜

弓手粗笨，发矢中的

费扬古将军给他写信

说厄鲁特已然溃败

康熙赏信使毛皮帽

还有他的汗血马

　　　　传说中

出自大宛的天马

这匹马缴获于昭莫多之战

他们在京师明年有盛大的展示，专为

蒙古人、准噶尔人和厄鲁特人准备

"此事之后可以肯定

　　　　所有喇嘛都是叛徒

把这些囚犯分开关押，

卖给那个撒谎的首领。我测

太阳 380° 34′

比在北京少一度二十分。"

　　　　　　　　康熙

狗只对陌生人吠叫

康熙对牧场感到欣慰，

延迟回京

待下来，在长城外逐鹿

而噶尔丹为回部掠取了

　　　　撒马尔罕和布加拉

1699 年鞑靼全境叛乱平息

闵明我、徐日升、安多、张诚

呈上他们的请愿

欧洲文化人

听说中国礼制尊崇孔夫子

向天献祭等

以及他们的礼仪基于理性

急于知道其真实意义，比如

天和上帝何指？谁是主宰？

孔夫子的鬼魂

是否接受献上的谷物、果品和香？

　　　　他是否显灵牌位中？

欧洲教会的大佬疑惑这是否可以调和

安条克主教在广州待了一年

到处晃悠却没能去北京

次年才获准

教皇克雷芒十一世

　　　　派来铎罗阁下

葡萄牙王也遣使前来

他们用加那利群岛的酒治愈康熙疾患

　　　　这点让他们地位略有上升

太多大米流向巴达维亚[1]

　　　　于是康熙帝下禁令

　　　　　　　（比托米·杰夫森[2]早一点）

一个从品大员

上奏疏

　　　　反对诸欧罗普和喜督教

有九艘红船进入澳门

荷兰人、红头或英国人

日本，陈昂说，是我们东边唯一可观的王国

而日本在明代大乱中一直平静

暹罗和东京纳贡

对我们的唯一威胁来自这些欧洲人

红毛我是指任何北欧蛮夷

有英吉利人、印仔及荷兰人

1　巴达维亚（Batavia），印度尼西亚城市雅加达古称。

2　托米·杰夫森（Tommy Juffusun）即托马斯·杰斐逊（Thomas Jefferson, 1743—1826），美国国父之一，第三任总统。

同样野蛮

我游历海上经年

荷兰人在这伙人中凶恶透顶

　　　　太平洋虎狼

他们的船能经受任何风浪，配有一百门炮

如果十艘进入广东

　　　　谁知道会发生什么

我想我们应该在源头上遏制这种危险

或者至少让他们缴械才能进我们的港口

或者每次只能来一艘

　　　　或者在堡垒中卸货

他们从马尼拉潜行溜进日本

被踢出来后，他们还想进去

他们花钱贿赂，聚集人渣，制作地图

真不知道他们意欲何为

　　　　那倒不归我管

我只知道他们曾在马尼拉避难

现在却成了马尼拉的人上人

我的提议交付帝国朝廷裁断

相信断不会听任这种杂草

　　　　生根壮大

谨呈陛下

　　　　水师陈昂

挖出 1669 年敕令

　　　　特许仅限于南怀仁及其同事

我们决议赦免所有皈依者

只要他们拆毁教堂，五月十七日为限

传教士在改良我们的数学中

   为我们制造火炮中

    表现不俗，特许居留

信奉其宗教

   但中国人不得皈依

而且不得营建教堂

四十七个欧洲人获得特许

他们可以继续信教，别人不可

耶稣会士申诉说不可把他们

    与荷兰人相混淆

许可居留，我们会承诺再也不回欧洲

各个教堂夷为平地

俄罗斯的彼得大帝也派来使团

        1720 年

有车队，佩剑

罗马教皇派来个新人

西藏臣服，1722 年是太平年

皇上如常巡狩

在海子猎虎，殂于本月二十号晚八时

    没有哪个朝代像我们这样公正

我没有暴殄帝国的宝藏

将它们视为子民的血汗

   一年三百万在河堤上

318

我命雍正继位

　　　　　尔不可

贷款给士兵

狩猎使满人身体健壮

　　　　避开北京夏天酷暑

他开始造访鞑靼地域

历史译为满文，设立翻译科

南怀仁，数学

徐日升，音乐，汉满论文

张诚和白晋，译为满文

　　　　　皇上亲自润色

哲学摘要（满语）以及

对巴黎科学院文献

最新报道

奎宁，在宫中建了实验室

他命令他们绘出全部解剖图

守护语言的纯洁

只用恰当的词语

　　　　　（即正名）

正名

在其宫中不同作坊

　　　　　要最好的欧洲

绘画和雕塑模型。康熙皇帝

在位六十一年，从 1662 年始

其著作达百卷，身后出现

第七十四章 [1]

巨大的悲剧之梦在农夫弯下的肩膀里

梅恩斯 [2]！梅恩斯被鞭笞，肚里塞满干草

本和克拉拉在米兰 [3]

     被倒吊在米兰

蛆虫应该去吃死掉的公牛

狄俄尼索斯，狄俄尼索斯，两次被处死

     历史上你可曾见过？

你对负鼠 [4] 这样说，砰的一声巨响，而非哽咽

    砰的一声巨响，而非哽咽，

建造迪奥斯 [5] 之城，那里的露台闪耀群星的色彩

温柔的眼睛，宁静，不带讥讽，

     雨亦属道

1　第七十四章，是 1945 年庞德被美军关押后，在比萨监狱铁笼中所写，部分草稿记在手纸上。本诗章的部分注释参照了黄运特先生翻译的《比萨诗章：庞德诗选》中的注解，在此表示敬意。

2　梅恩斯（Manes，约 216—276），波斯哲人，死后尸体被鞭笞，塞满干草，挂在城门示众。

3　本和克拉拉指墨索里尼和他的情妇，两人在米兰被处死后倒吊示众。

4　负鼠是 T.S. 艾略特的绰号。其名作《空心人》起始句"我们是空心人 / 我们是塞满稻草之人"；结尾是"世界以此结束 / 不是砰的一声巨响，而是一声哽咽"。

5　迪奥斯（Dioce），古迪亚族的一位杰出首领，被百姓拥戴为王，修建了一座以他命名的城市。

你所远离的并非道 [1]

橄榄树被风吹得发白

在江河汉水里冲洗

你又能为这份白添加怎样的白，

　　　怎样的坦白？

"伟大的航行把群星带到我们的海岸"

当金星坠落在北卡罗来纳

你已航过石柱，从赫拉克勒斯 [2] 驶向外海

如果和风让位给热浪

无人 [3]，无人？奥德修斯

　　　我家族的名字

风亦属道，

　　　月亮妹妹

惧怕上帝，惧怕民众的愚昧，

但精确的定义

传承至西吉斯蒙多 [4]

　　　至杜乔 [5]，至祖安·贝林，或者台伯河的新娘 [6]

新娘基督教堂的马赛克，直到我们的时代 / 神话国

1　语出《中庸》第十三章，子曰："道不远人，人之为道而远人，不可以为道。"

2　直布罗陀海峡两岸的悬崖。

3　奥德修斯对独眼巨人说自己的名字叫"无人"，意味着他可以成为任何人，但每次他面前的人用他的名字称呼他时，他就不在场了。出自荷马史诗《奥德赛》。

4　西吉斯蒙多·马拉泰斯塔（Sigismundo Malatesta，1417—1468），意大利艺术赞助人。

5　阿戈斯蒂诺·杜乔（Agostino Duccio，1418—1481），意大利雕塑家。

6　台伯河，罗马的一个区名，该区有座教堂，名为新娘。

王们

而对唐朝历史一无所知的野蛮人流着鼻涕，没必要

　　去骗谁

　　　　宋子文[1]来路不明的贷款也用不着去骗

我们猜测宋子文有些钱

在印度，汇率降到了 18 ： 100

而当地的寄生虫把外国银行的钱拿来放债

从印度农民身上榨取的血汗利息

　　　　　　在丘吉尔辉煌时期上升

那时候，那时候他恢复了腐败的金本位

在 1925 年　　哦　　我的英格兰

言论自由，不让广播的言论并不自由

　　　　　而斯大林需要注意一点

你没必要，没必要没收生产资料，

用钱来反映所干的活儿，在系统内

　　　　活儿要量化，而且是所需的

“我没干过不必要的体力活儿”

牧师的手册如是说

　　　　（忏悔前的准备）

吱吱嘎嘎，如同死囚笼子上的云雀

　　　　战事向西推进

西线无战事[2]

宪法陷入困境

1　庞德在狱中翻阅《时代》周刊，上载有中国宋氏家族的报道。
2　德国作家埃里希·雷马克小说名。

现状也没啥新意

"蓝宝石，这石头能催眠"[1]

没有言语是忠诚的

　　没有行动是坚定的

　　　　只有那鸟心的平衡

　　　　　　让人依赖于土地

劳斯[2]发现他们在讲奥德修斯的故事时

提到了以利亚　　　　　　无人

　　　　　　无人

"我是无人，我的名字叫无人"

而旺吉纳[3]，或者应该说，文人

那个受过教育之人，他的嘴巴被他父亲弄掉了

　　　　只因他造了太多的东西

塞满了丛林居民的口袋

参阅费罗贝尼乌斯[4]的学生们于 1938 年左右

　　　　去澳大利亚的探险

文人开口，从而创造出被命名的

　　　　　　从而制造混乱

1　出自但丁《神曲》。
2　威廉·劳斯（William Rouse，1863—1950），古典文学翻译家，曾在码头听到水手们讲述奥德修斯的故事，发现他们所讲的其实是希伯来先知以利亚的故事。
3　澳洲民间传说中虹蛇神之子，他靠给物命名创造了世界，但他造的东西太多，其父封了他的嘴。
4　利奥·费罗贝尼乌斯（Leo Frobenius，1873—1938），德国文化人类学家。

导致人们迁徙

所以他的嘴巴被弄掉

如你在他的照片上所见

        太初有道

      圣灵或大道   诚

在死囚牢笼望见比萨的泰山

如同加尔多内[1]的富士山

当猫行走于牢笼顶上的栅栏

水依然在西边

流向卡图洛村庄[2]

水流之声

       渐行渐远

比一切战争更持久的静寂中

"那个女人,"尼克莱迪[3]说

        "那个女人,

            那个女人!"

"为什么一定要继续?"

"如果我倒下",比安卡·卡佩罗[4]说

"也绝不下跪"

读一天书,手中便能握有钥匙

1　加尔多内(Gardone),意大利布雷西亚省的一个城镇。

2　卡图洛村庄(Villa Catullo),古罗马诗人卡图卢斯的故乡。

3　加尔纳的地区长官,遇见庞德时,曾念诗一首。

4　比安卡·卡佩罗(Bianca Capello,1548—1587),意大利王公的情妇,被人毒死。

加西尔的琵琶　　嚯，发萨 [1]

一只狮毛颜色的小狗带来跳蚤

一只带有白色记号的鸟，一块垫脚石

　　　　　在六座绞刑架下 [2]

宽恕，请您宽恕我们所有的人 [3]

巴拉巴斯 [4] 躺在那儿，身旁还躺着两个盗贼

巴拉巴斯的婴儿综合

海明威不在，安太尔 [5] 不在，名叫多斯·威尔森 [6] 的那

　　家伙

兴高采烈

K 先生从没说过傻话，一整个月都不说傻话

"要是我们不蠢，就不会待在这儿"

　　　　　还有雷恩黑帮

蝴蝶，薄荷，黑尾巴麻雀

不语之人带着手鼓和标语

　　　　　鸡舍看守的表意文字

伤感的思绪转向

1　发萨（Fasa）是北非的一个部落，加西尔是其首领。

2　庞德在比萨狱中铁笼内所见场景。

3　诗句出自法国中世纪诗人弗朗索瓦·维庸（François Villon），法国中世纪最杰出的抒情诗人，他曾多次入狱，创作过《小遗言集》《大遗言集》。

4　典出《圣经》，耶稣被捕后，和一名叫作巴拉巴斯的盗贼关在一起。

5　乔治·安太尔（George Antheil，1900—1959），美国作曲家、钢琴家。他与海明威均为庞德的朋友。

6　他与下面提及的 K 先生及雷恩黑帮，均为庞德同狱囚犯。

于塞勒，以及旺塔杜尔[1]

遥寄思念，时光倒流

在利摩日的年轻推销员

以非常法国式的礼貌鞠躬："不，那不可能"

我忘了是哪座城市

对于尚未熟练的探险者来说，那些洞穴还不如邮票

　上的野牛更有吸引力，

我们会再次遇见老路，问题

　　　　　也许

但凡事看起来都不太可能，

　　　　　　普居尔太太[2]

帐篷挡板下有股薄荷的味道

尤其是雨后

　　　一头白色的公牛在通往比萨的路上

　　　　面对着斜塔，

黑羊在操场上，湿漉漉的天气，云朵

在山里，仿佛就在鸡舍看守的下面

　　　一只蟋蟀支持我

　　　野鸟不肯吃白面包

　　　从泰山到落日

从卡拉拉石头到斜塔

　　这一天空气敞开

1　两者均是法国中南部地名，与庞德喜爱的法国中世纪游吟诗
人传统有关。下文提到的利摩日同此。
2　法国的一位女房东，庞德曾在旅游时在她那里住过。

迎接万喜观音

　　莱纳斯，克莱特斯，克莱蒙[1]

　　　　　他们的祈祷，

伟大的甲虫匍匐于祭坛

壳里闪着绿光

在神圣的土地上耕种，及早让春蚕吐丝在张力中

在光之光中是美德　　　　　　　　**顯**[2]

　　"是光"爱留根纳·司各特[3]说

　　如舜在泰山之上

在祖先的宗庙里

　　如神迹之初

尧之圣灵，舜之

精准，治水的

禹之体恤

四个巨人守在四角

　　三个年轻人守在门口

他们在我四周挖了条壕沟

　　以防湿气侵蚀我的骨头

　　　　以正义之名拯救锡安[4]

1　三位天主教教皇。
2　"显"字的繁体，内含"日"和"丝"。庞德从繁体汉字中获得灵感。
3　司各特·爱留根纳（Johannes Scotus Eriugena，约 800—877，庞德写为 Erigena Scotus），中世纪哲学家和神学家。
4　锡安山，位于耶路撒冷。

以赛亚说不要出去收利息　　大卫王¹说

　　　　　最初的哭泣

光明柔润无瑕

　　　　光线完美

"是光"　　爱尔兰人对卡罗勒斯王²说

　　　　　"一切，

万物皆为光"

他们把他从墓中挖出

以搜寻摩尼教徒为借口

阿尔比教派³，一个历史问题，

萨拉米斯⁴舰队是国家贷款给造船人打造的

　　　　　有时说话，有时沉默

从未在国内提高生活水准

而总是在海外增加高利贷者的利润

　　　　列宁说，

买卖枪支导致更多的枪支买卖

　　　他们没有扰乱枪支市场

　　　　　不存在饱和

比萨，在努力的第23年⁵，在看得见斜塔的地方

1　以赛亚是犹太先知，大卫王是古以色列国王。

2　爱尔兰人即上面提到的司各特·爱留根纳，出生在爱尔兰。
卡罗勒斯王指的是罗马皇帝查理二世（Charles II，823—877）。

3　摩尼教，公元三世纪源于波斯的一个宗教流派。阿尔比教派，
公元1021—1250年在法国南部盛行，后被视为异端而遭镇压。

4　公元前480年希腊军队打败波斯人的地方。

5　指自1922年开始的意大利法西斯统治。

蒂尔[1]被绞死了，昨天

罪名是强奸和谋杀　　还有科尔基斯[2]

　　还有神话，以为它是宙斯公羊或另一个

　　　嘿，豁牙，《圣经》是讲啥的？

　　　《圣经》是本啥样的书？

随你们怎么说，别想蒙我

莫 无人[3]

一个人，太阳落在他身上

那只母羊，他说她的眼睛很漂亮；宁芙披着羽衣[4]来
　到我身边，

　　　　　一轮天使

那天云雾缭绕泰山

　　或在落日的金辉里

　　　同志[5]无缘无故地受到祝福

在傍晚的雨沟里哭泣

　　　　是光

这部戏完全是主观的

石头知道雕刻家赋予它的形式

石头知道形式

1　与庞德同狱的一个囚犯，于 1945 年 7 月 24 日被处决。

2　古希腊神话中产金羊毛的地方。

3　无人，原文为希腊文，与中文"莫"（无，日落）对照。

4　宁芙，半人半神的少女。"羽衣"原文为日语 Hagoromo，一部日本能剧的剧名。

5　"同志"原文为俄语 tovarish。

记不清是基西拉，伊索塔，还是圣玛丽教堂[1]

　　彼得罗·罗马诺塑造了底座

无人

一个太阳落在他身上的人

钻石不会在雪崩中死亡

　　　　　即使它被从底座拽下

人必须首先毁灭自己，在别人毁灭他之前。

城市重建了四次，嗬，发萨

　　　　　加西尔，嗬，发萨　　被出卖的意大利

如今在心中永不磨灭，加西尔，嗬，发萨

四个巨人守在四角

墙上开了四道门，嗬　发萨

露台星色闪耀

苍白如黎明的云朵，新月

　　　　　纤细如得墨忒耳的发丝

嗬，发萨，在重生的舞蹈中

　　　　两只云雀配对

　　　　　　在日落时分

　　　　　　　柔肠欲断

在塔的左边

　　　　两条裤腿之间看过去

他忘了，自己掉了下去

1　威尼斯的一座教堂，底座是由彼得罗·罗马诺（Pietro
Romano，1435—1515，意大利建筑师和雕塑家）所设计，形式
独特。

在阿尔克墨涅和提洛出现的纳库亚 [1]

　　　　和暗藏杀机的卡律布狄斯漩涡之间

　　　　面对泰山的孤寂

女人，女人，不愿被揪着头发拖进天堂

航行在灰色悬崖下

　　　太阳拽着她的群星

　　　　　一个太阳落在他身上的人

烈日下，风如狒狒般出现

　　　　　孤独之人

　　　　　　　从未孤独

在奴隶群里学习奴役

　　　笨人被赶回丛林

　　　从未孤独　　"阳光周围的阳光"

　　　　如光明吸吮蒸汽

　　　　　潮汐追随卢西娜 [2]

　　　他在某些方面是条硬汉子 [3]

　　　　　一日如千年

如猎豹坐在水盆边，

　　　曾杀死过野牛和公牛，邦廷说

　　　　战后蹲了六个月监狱

1　纳库亚是《奥德赛》的第十一章。奥德修斯在地狱中见到阿尔克墨涅和提洛的魂灵。

2　古罗马神话中司生育的女神。

3　指英国诗人巴兹尔·邦廷（Basil Bunting，1900—1985），第一次世界大战后他因拒绝服兵役而入狱 6 个月，绝食（拒绝看守送来的烤鸡）11 天后获释。下文提到的《夜壶的花环》是他的一本诗集，因不受批评家赏识，只能自费出版。

作为一名和平主义者被烤鸡诱惑，却拒绝

战争，"夜壶的花环"

自费出版

那是各类批评家们的耻辱

然而，国家把钱借给

造船者，舰队开往萨拉米斯岛

攻击古典研究

在这场战争里，有乔·古尔德，邦廷和卡明斯[1]

反对厚重与油腻

死于囚笼的黑猫

暗绿的瞳孔，如透明的葡萄肉，以及海浪

一样永远透明发光

结束了，走吧，[2]

被牛群和同伴簇拥着眺望泰山

但在丹吉尔[3]，我看到蛇的啮咬火星四溅

点燃了

枯黄的稻草

苦行僧吹着

1　反对战争的三位作家。乔·古尔德即约瑟夫·古尔德（Joseph Gould，1889—1957），美国作家。
2　原文为拉丁语，天主教弥撒之尾语，亦为耶稣被钉在十字架上所说的最后一句话。
3　摩洛哥港口。

肮脏的稻草，一臂长的蛇

在僧人的舌头上咬穿小洞

　　从滴下的鲜血

　　冒出火苗，他把稻草塞进嘴里

他从路边拔下的脏草

　　　　先是冒烟，接着是暗淡的火焰

那应该是莱斯·乌利[1]的时代

　　我骑马去埃尔森家

　　在珀迪卡里斯别墅附近

　　或者比那时再早四年

他认为孩子们的灵魂是自然的元素，假如有的话，

他为一部分人租了庇护所

　　他们从叙利亚徒步而来，

蝶蛹在半空中交配，并非无缘无故

　　　光彩

绿莹莹地，阳光穿过苍白的手指

高贵的人是上天赐予的

　　这些同伴[2]

描写巨人的福特

　　梦想高贵的威廉

1　莱斯·乌利（Rais Uli, 1875—1925），摩洛哥强盗，曾于
1910 年绑架下文提及的伊昂·珀迪卡里斯。

2　以下提到的人物均为庞德的朋友：英国作家福特·马多克斯·福
特（Ford Madox Ford, 1873—1939）；爱尔兰诗人威廉·叶芝；
爱尔兰小说家詹姆斯·乔伊斯；英国作家维克多·普拉尔（Victor
Plarr, 1863—1929）；英国小说家埃德加·杰普森（Edgar Jepson,
1863—1938）；英国作家莫里斯·休利特；英国诗人亨利·纽博
尔特（Henry Newbolt, 1862—1938）。

还有喜剧大师吉姆唱道：

    "布拉尼城堡，我亲爱的

    你如今不过是一块石头

普拉尔谈论数学

    杰普森喜爱玉石

毛利写历史小说

    看上去洗了两次澡的纽博尔特

    都是上天赐予的

    今天乌云蔽日

——"你要坐得更安静些"，科卡[1]说

"你要是一动，就叮当作响"

老公爵夫人还记得在彼得堡的招待会

而科卡认为西班牙没准儿还保留着

    一些（好的）团体，还想去接触，我的

  上帝，不！

  1924 年的观点

希尔达，布侬勒和里拉，

    或是迪奥多内，伦敦，或是瓦桑[2]，

乔治大叔[3]站着仿佛一位发言人，万物皆流[4]

盈满每一个空洞

---

1 俄国军事外交官，曾任驻英和驻美大使。

2 希尔达、里拉和瓦桑是巴黎的三家快餐店，狄奥多内是伦敦的一家餐馆名。

3 乔治·廷卡姆（George Tinkham，1870—1956），美国众议员。

4 原文为希腊语，引用的是哲学家赫拉克利特的名言。

涅夫斯基[1]的糕饼店，舍内斯餐馆[2]

更不用说博尔扎诺的格里夫旅馆[3]女主人年纪大了

四年后的默奎恩餐厅或罗伯特餐厅[4]

　　皮埃尔侯爵夫人[5]以前从未见过美国人

　　"而他们那一代人

　　　　不，不在合唱团里

　　哈迪[6]身材高大，比在场的人都要高

　　　　　那一年美好的时光都去了哪里

詹姆斯先生用霍克斯比太太[7]挡住自己

就好像一只碗把拐棍当作盾牌

他艰难地挪向门外

谈到教育，亚当斯先生[8]说

　　教书？在哈佛？

　　教书？这做不到

我从纪念碑[9]得知此事

　　　　这是节日

　　　　泰山脚下 7 月 14 日

---

1 俄国彼得堡的一条著名街道。

2 维也纳的一家餐馆名。

3 意大利博尔扎诺的一家带饭店的旅馆。

4 美国纽约的两家餐馆名。

5 庞德的友人。

6 威廉·赫德森（William Hudson, 1841—1922），英国自然文学作家、博物学家。

7 亨利·詹姆斯（Henry James, 1843—1916），美国著名小说家，霍克斯比太太是他的女管家。

8 亨利·亚当斯（Henry Adams, 1838—1918），美国历史学家。

9 指美国哲学家乔治·桑塔亚纳（George Santayana, 1863—1952）。

泰山北面的山陵火光冲天

安伯·里弗斯[1]死了，那一章结束了

        见 6 月 25 日《时代》周刊，

无疑那是格雷厄姆先生[2]

        骑着马，侧面露出一只耳朵和胡子尖儿

    法本工厂[3]依然完好无损

    随着《利利布勒罗》[4]的曲调

他们糟蹋了阿德尔菲旅馆[5]

黑鬼们在不远处

    翻越栏杆

爱德华兹先生在隔壁

    4 号囚室，戴着绝妙的棕绿色的

巴鲁巴面具　　"别告诉任何人

   我给你做了那个桌子"

      乌洛托品利尿

能在那些不守法的人身上发现善举

    是最了不起的事情

    当然不是说我们提倡——

    偷鸡摸狗

1　指艾米莉·里弗斯（Amélie Rives，1863—1945），美国女作家，庞德曾在伦敦和她打过网球，后在狱中看到 1945 年 6 月 25 日的《时代》周刊得知其死讯。
2　R.B. 格雷厄姆（R.B. Graham，1852—1936），苏格兰散文家、传记作家和旅行家，以骑马遍游南美著称。
3　德国一家化工厂，二战中没有被摧毁。
4　英国内战期间流行的一首进行曲。
5　伦敦的一家旅馆，二战中被毁。

但在以大盗为基础的制度里

　　也就是随大溜而已

　　要是回到正轨，可以被赦免

出钱而不计利息的人

　　"度量衡"

　　　　《利未记》第十九章 [1] 或

《帖撒罗尼迦前书》第四章第十一节 [2]

三百年的文化被一把砸进屋顶的锤子

　　　　　　所支配

云之上的山，山之上的云

我既不投降于帝国，也不投降于众多的

　　　　　　　　　　　　庙宇

不投降于宪法，也不投降于迪奥切城

每一个都以神之名

她在泰拉奇纳 [3] 的海上升起，风神在她身后

　　　　她行走的样子

　　　　　　和安喀塞斯 [4] 一模一样

直到神龛再次变成大理石的白色

　　　　直到石头的眼睛再次遥望大海的方向

1　《旧约·利未记》第十九章三十五节："你们施行审判，不可行不义；在尺、秤、升、斗上也是如此。"

2　《新约·帖撒罗尼迦前书》第四章十一节："又要立志作安静人，办自己的事，亲手做工，正如我们从前所吩咐你们的。"

3　泰拉奇纳（Terracina），意大利西部港口。

4　安喀塞斯（Anchises），据古罗马维吉尔《埃涅阿斯纪》，安喀塞斯之子埃涅阿斯遇见化身凡人的阿佛洛狄忒，从她行走的姿态认出她是自己的母亲。

风属道

雨亦属道

安置在观音镜中的

昴宿星座，这块石头能睡眠，

端出酒碗

青草无处不在

下界，母亲

用你的薄荷、百里香和帝王虫草，

从谁到谁

永远不会比此刻更多

星期天的蝈蝈，被赋予了一种新绿

绿宝石，比绿宝石要苍白

少了右侧的螺旋桨

这个帐篷属于我和提托诺斯 [1]

吃葡萄肉的家伙

交媾时光芒四射

那一年，马奈在西加尔酒吧或莱福里餐厅 [2] 画过她

她做了一头小卷发，或许是 1880 年

穿着德莱科或浪凡牌子的红色套裙

伟大的女神，埃涅阿斯一眼就认出她来

因画而不朽，十九世纪的法兰西

再没有其他不朽的年代

1　在古希腊神话中，提托诺斯长生不老，曙光女神爱上他，把他变为蝉，以便总能听到他的叫声。

2　爱德华·马奈（Édouard Manet, 1832—1883），法国著名印象派画家。西加尔和莱福里均为巴黎餐馆名。

德加，马奈，盖伊 [1]，令人难忘

一个伟大的畜生挥汗如雨在作画，范德派尔 40 年后

　　如此评价弗拉曼克 [2]

　　因为这块石头能催眠

　　　它会沉睡，不再喷火 [3]

　　作为纪念的桉树果 [4]

　　橄榄树下，柏树边，第勒尼安海，

　　走过马尔迈松 [5]，河边田野上，桌子

　　西尔达，阿尔梅农维拉 [6]

或是在旺塔杜尔，城堡的钥匙

　　雨，于塞勒

美丽之塔的左边，乌戈利诺 [7] 之塔

在左侧塔内

　　啃了他儿子的头颅

唯一做过有意义之事的人是 H，M [8] 和

　　枢密顾问费罗贝尼乌斯

那个在巴鲁巴呼风唤雨的白人

1　德加（Degas），马奈，盖伊（Guys），均为十九世纪后期法国画家。

2　范德派尔（Vanderpyl，1919—1999），庞德在巴黎认识的一位法国作家。弗拉曼克（Vlaminck,1876—1958），一位法国画家。

3　原文为意大利语，出自但丁《神曲·地狱篇》，指地狱的火焰暂缓。

4　庞德被捕后，路上捡拾过一颗桉树果，留在身边作纪念。

5　巴黎郊外的一座皇家别墅。

6　巴黎的两家高级餐馆。

7　乌戈利诺（Ugolino della Gheradesca，约 1212—1289），在比萨谋反篡权未成，与子孙一起被囚禁在塔内。

8　H 指希特勒；M 指墨索里尼。

还有偶尔写剧本的让先生[1]，或者负鼠

　　穷困年迈　　　我目不识丁[2]

我不知人类是如何忍受的

　　终点，有画出的天堂

　　终点，没有画出的天堂

矮小的牵牛花缠绕在草叶上

灵魂的巨核　　　巴拉巴斯和两个窃贼在我身边[3]

　　　　囚室像一艘贩奴船

　　　　　　爱德华兹[4]，哈德森，亨利，诸位先生

　　　　　　　难友科恩斯，格林和汤姆·威尔逊

　　　　上帝的使者怀特塞德

而对面看守的位置

　　　　　　比因犯们低下

"那些浑蛋傻瓜将军们　　　统统都是法西斯"

"为了一包公爵牌香烟[5]"

　　　　　　　　　"我的所作所为"

　　我在猪圈里

人们躺在喀耳刻的猪圈里

　　我走进猪圈，看见灵魂的尸体

1　让·科克托（Jean Cocteau, 1889—1963），法国诗人、剧作家。
2　原文为法语，出自法国诗人维庸的诗作。庞德在其早年著作《罗曼斯的精神》中，很欣赏这首诗，开头几行为："我是一个穷妇人，干瘪而年迈／目不识丁／我见到教区修道院里／一座画中的天堂，竖琴和琵琶在弹唱"。
3　巴拉巴斯被释放后，耶稣同另外两个窃贼被钉在十字架上。
4　以下至怀特塞德，均为庞德同狱囚犯。
5　狱中定量供应的香烟。

"算了吧，小薯条"，小黑子对黑大个说
甲板间所见的奴隶贩子
　　　　所有的总统
华盛顿　亚当斯　门罗　波尔克　泰勒
再加上卡罗尔[1]（出生在卡罗尔顿）　　克劳福德劫公
　　济私
蛊惑[2]
每一家贴现银行都是十足的恶棍
　　　劫公济私
　　　啊，美发的咯耳刻，让它们吃烈药
没有狮豹参与
　　　毒药，毒药
在公众的每一根血管里
若毒在高处，将向下流过所有血脉
　　　若在普雷达皮奥[3]的熔炉里？老厄普沃德[4]说
　　　　"不是牧师，而是受害者"
　　　　他的印章，这位老斗士说　　　"受害者，
在泰晤士河抵抗他们，在尼日尔河抵抗他们
　　　在尼日尔河用枪，在泰晤士河用托马斯银行印
　　　刷机"

1　华盛顿、亚当斯、门罗、波尔克和泰勒是美国的五任总统。卡
罗尔即查尔斯·卡罗尔（Charles Carroll，1737—1832），美国
早期天主教领袖，美国革命领导者之一，大陆会议重要成员。
2　原文为希腊语，喻如同咯耳刻蛊惑希腊士兵与百兽进猪圈一样。
3　意大利东北部城镇，墨索里尼的故乡，他父亲是一名铁匠。
4　艾伦·厄普沃德（Allen Upward，1863—1926），英国小说家、
旅行家和人类学家，自杀身亡。

直到我唱完歌

　　开枪自杀，

　　　　为了赞美凹版印刷

马泰奥和皮萨内洛[1]来自巴比伦

用滚筒或平板

　　或是把玉石切割成方块

灵魂广大的夜晚来自泰山脚下的帐篷

在被称为军营屁眼的地方

看守们固执己见。仿佛殡葬师的女儿们

昏乱而色情的梦境

乘着时光飞逝的白色羽翼，学习

　　　　难道不是我们的快乐吗

有朋友自远方的国度来

　　　　难道不是喜悦吗

不要在乎我们是否被赞赏

孝顺、友爱是人性之本

　　　　道之本

不要花言巧语

　　适当的季节雇人

　　　　而不是在他们忙于收割之时[2]

1　二人均是十五世纪意大利雕刻家。

2　语出《论语·学而》："学而时习之，不亦说乎？有朋自远方来，不亦乐乎？人不知而不愠，不亦君子乎？……孝弟也者，其为仁之本与！……巧言令色，鲜矣仁！……节用而爱人，使民以时。"

在三面的角落，库尼萨[1]

和另一个女人："我是月亮"

干燥疏松的泥土从尘埃化为更细的尘埃

青草从根烂掉

现在更黑了吗？还是以前更黑？灵魂的黑夜？

还有更黑的吗？或者不过是腹痛的圣胡安[2]

在写海报广告

简而言之，我们要寻找更深的层面，抑或这已
是底部？

乌戈利诺，树顶上露出的塔

柏林　　疟疾　　磷

老实的老妇人[3]

（哈罗凯西下士）两个 X 或官僚主义？

天堂不是人造的

显然已支离破碎

它只存在于碎片，出人意料的好香肠，

薄荷的味道，比如，

拉德罗[4]这只夜猫，

在内米[5]，湖水嵌在山坳里，在山坡上等待

1　库尼萨（Cunizza），意大利历史上的烈女。
2　圣胡安（Saint Juan, 1542—1591），西班牙著名僧侣，写过有关"灵魂的黑夜"的神秘剧。
3　原文为法语，出自法国作家伏尔泰的《老实人》。
4　狱中的一只野猫。"拉德罗"原为意大利语（Ladro），意思是"小偷"。
5　意大利内米湖（Nemi），女神狄安娜的庙宇所在地，曾有一位守庙的牧师被另一位图谋其位的牧师所杀。

老旧的午餐木屋覆盖着瓦片，等待那里做出的决定，

查拉图斯特拉[1]，现已过时

为朱庇特[2]和赫尔墨斯所建的城堡

　　如今空空如也

石头上没有印痕，不知何代的灰色城墙

　　　　在橄榄树下

　　　远古的雅典娜

　　　小小猫头鹰，两眼亮晶晶

　　　　　　　　橄榄树

闪亮，然后不再闪亮

　　　树叶在风中翻动

　　　北风　东风　南风

"有妖怪"，年轻的母亲说

　　　鹰眼下的沐浴者如小鸟

　　　缩回到悬崖底下，在迪古里奥的波泽托[3]

"真想"守卫说，"把那些操蛋的将军们都抓了

他们统统是法西斯"

　　　俄狄浦斯，伟大的雷穆斯的子孙们

布林顿先生[4]仰面朝天像一只猩猩

1　古代波斯琐罗亚斯德教创始人琐罗亚斯德（Zoroaster，生卒年不详），尼采哲学名著以其为题。

2　朱庇特（Jupiter），古罗马神话中统领神域和凡间的众神之王，古老的天空神及光明、法律之神，也是古罗马十二主神之首，最爱的祭品是母山羊和牛角涂成金色的白色公羊。

3　迪古里奥（Tigullio），意大利海湾，靠近庞德所住的拉帕洛市。波泽托（Pozzetto），意大利地名。

4　庞德同狱囚犯。

唱着　　哦　甜蜜又可爱

哦　女士乖"

　　　　　我也进了猪圈

犯人们对知识不感兴趣？

　　　三个月不知食物的滋味

在齐国听到韶乐[1]

　　　　　　歌声嘹亮，太阳在它的光辉之下

　　　　　清越

一首题为影子的短歌[2]

妖怪，或鹰翼

　　　时运不济，将被命名

十恶不赦的罪孽，J. 亚当斯说

　　　　金价从 21.65 变为 35[3]

　　　　　无疑受到他父亲在拜占庭见闻的影响

无疑受到伟大的梅耶·阿姆斯洛[4]子孙的影响

那个老 H[5]在拜占庭听长着驴耳朵的军国主义者的话

　　　"为啥要停下来？""等我们更强大时再开始"

而小 H 的提示来自巴黎的肮脏牛圈

1　出自《论语·述而》："子在齐闻《韶》，三月不知肉味，曰：'不图为乐之至于斯也！'"

2　短歌（Tanka），是日本一种不押韵的五行诗，共 31 个音节。一位日本诗人写过一首短歌，题目是《影子》。

3　指美国总统罗斯福制定的黄金价格。

4　梅耶·阿姆斯洛·罗斯柴尔德（Meyer Amschel Rothschild，1743—1812），欧洲经济史上最有影响的银行集团创始人，经过他及其子孙的经营，其家族成为欧洲著名的银行世家。

5　指亨利·摩根索（Henry Morgenthau，1856—1946），曾任美国驻土耳其大使，其子（小 H）曾任罗斯福政府的财政部长。

那里由西夫[1]看护，也许

并非是这样，

这是前提

梅耶·阿姆斯洛，罗罗罗曼史，是的，肯定是

两个世纪后要是你还上当，那你就更傻

那些金发杂种们，把他们从椅子上推倒

犹太人是兴奋剂，而非犹太人在政府的人

口统计中

是牲口，可以被屠宰出售

他们是如此顺从　　但如果

一个地方被糟蹋了……?

以正义之名

按照法律，从法律来看，或者合同中就没约定

禹抓不到耶和华的任何把柄

舜得以命名，被派往

秋日的天堂　韶

太阳位于韶音之下[2]

去往慈悲的天堂

《利未记》第十九章里也提到

"汝应用钱购地"

耶利米[3]签了字

1　一位英国商人。
2　庞德解读汉字"韶"，认为太阳位于光束之下。
3　古代犹太国的先知。以下为《旧约·耶利米书》记载的一次
土地买卖。

从哈楠业楼直到歌亚

再到马门，8.5 美元买了位于本雅明的

亚拿突，8.67 美元

买了乔科鲁阿山[1]上的清冽空气

在一片枫叶之地

通过法律，依照法律，建造你的庙宇

依照公平的度量

一只纤细的黑手

一只火腿一样的白手

经过，从帐篷帘下面

病人集合都过来

都过来，病人集合

两个最大的骗局

是货币价值的改变

（货币单位价值，货币兑换）[2]

还有高利贷利息 @60%   或借贷

无中生有

国家可以贷款   和雅典人一样

打造了萨拉米斯舰队

要是包裹在运送时丢了

---

1 美国新罕布什尔州的一座山。

2 原文为希腊语，出自亚里士多德《政治学》："使用一种货币的人转用另一种货币。"前后数行展现庞德关于社会信贷的主张，他认为扩充信贷货币范围，应当是国家银行的特权，而非私人银行。他反复用古雅典执政官塞米斯托克利（Themistocles，约公元前 524—约公元前 459）从国家银矿贷款造兵舰，指挥萨拉米海战，大败波斯舰队的历史故事，谴责私人高利贷。

就去问丘吉尔的支持者

到底包裹去了哪儿　　国家不需要借钱

退伍老兵也不需要国家担保

去借私人高利贷

实际上那就是柴棚里的猫

　　国家不需要借钱

　　沃格尔[1]市长证明了这一点

　　他有一条送牛奶的路

　　他妻子卖衬衫和短裤

他书架上摆着《亨利·福特的一生》

还有一本《神曲》

　　一本海涅诗集

　　一座美好的小镇，位于蒂罗尔开阔平坦的

　　山谷

靠近因斯布鲁克[2]，当小镇沃格尔的钞票

　　出现在

因斯布鲁克的柜台上

　　银行家看到它递过来

　　全欧洲的笨蛋们都吓坏了

　　"这个村"，市长夫人说

　　"没人会写报刊文章

　　明知它是钱，却假装它不是

1　沃格尔（Wörgl），奥地利蒂罗尔地区的一个小镇，在二十世纪三十年代发行自制钞票，以摆脱经济困境，此举正符合庞德的经济主张。

2　因斯布鲁克（Innsbruck），奥地利西部城市。

就为了站在法律安全的那一边"

但在俄罗斯他们挣扎着，显然没整明白

工作证的含义

实施的新经济政策引发了灾难

把人当作机器一样使唤

  运河项目[1]死伤严重

    （或许是的）

加入廉价抛售，兴风作浪

      在高利贷者的魔鬼天堂

这一切都通往死囚室

每一个都以神的名义

或长寿，因为如亚里士多德所说

哲学不适于年轻人

他们的共性无法充分地从个性中

  归纳出来

他们的共性也无法从充分的个性集合中

    产生

作品的主人，言说大师

  按时令修辞，拿捏成形

  尧选择了舜，让其长寿

舜把握住对立的两极

在其间把握真实的方向

让人们避免犯错

1　指苏俄在 1931 年开工的运河工程，用了近三十万囚犯做劳工，死伤累累。

坚持所遇的善 [1]

拥有帝国而不与之同白 [2]

  亦不炫耀

将其老父扛在肩上

  去往荒凉的海岸

日本哨兵说 把你的吉普停在那里

我们最好的士兵，上尉说

  大日本万岁，他们来自菲律宾

想起影清 [3] "你的脖颈好硬"

   他们分道扬镳

"比我更优秀的剑客"，熊坂的鬼魂说

"我相信意大利的复兴"   这不可能

  加西亚之歌唱了四遍

   如今铭刻于心中

   女儿，盲人之光

  玻璃眼珠的魏姆斯 [4] 踩着水

   对海浪里冒出来的木匠讲

  原因在于船尾的一截栏杆没固定住

   我们的海军并不像你想的那般无知

---

1 源自《中庸》，"尧好问而好察迩言，隐恶而扬善，执其两端，用其中于民……得一善，则拳拳服膺，而弗失之矣。"
2 源自《论语》，"子曰，'巍巍乎！舜、禹之有天下也，而不与焉。'"
3 日本能剧中的人物，下文熊坂也是。
4 第一次世界大战中协约国海军元帅。

格塞尔[1]就任于林德豪尔政府

而征服只存在了五天

　　被认定是无辜的陌生人得以赦免

哦是的，钱在呢

　　钱有的，佩莱格利尼[2]说

　　　（这在当时可非比寻常）

　　20多年以后，火枪手当中

一位老人（或是看上去很老）还很活跃

用木头拍子击打小石子

珀耳塞福涅在泰山脚下

　　望见斜塔

本丢[3]坐在破烂不堪的轿子上

　　上面搭着帆布

在军营的屁眼里

　　看见两只红色罐子标着"火"

冯·提尔皮茨[4]对女儿说　　当心他们的魅力

塞壬们，这副十字架随太阳转动[5]

非犹太人无疑是数量巨大的牲口

而犹太人会收到信息

1　格塞尔（Silvio Gesel，1862—1930），曾任巴伐利亚苏维埃
共和国金融部长，此共和国存在时间不到1个月。
2　原文为意大利语，"钱有的"，是墨索里尼政府金融副部长佩
莱格利尼所说的话。
3　本丢（Pontius），下令钉死耶稣的古罗马犹太总督。
4　阿尔弗雷德·冯·提尔皮茨（Alfred von Tirpitz，1849—
1930），德国海军上将，在一次战斗中用潜艇和水雷对付协约国。
后文的"他们"指英国人。
5　指纳粹的万字符。

他会打探消息

　　取代　　某些更靠谱的东西

　　　　但也不总是这样

塞壬们　　喜欢和他聊天

　　三女神[1]可能在温柔的空气中

　　左手握着桅杆

　　在恍如观音的空气中

忘记了时代与季节之谜

而这样的空气带她上岸，上岸

乘着巨大的贝壳，乘风破浪

　　　　洁白的贝壳

　　与但丁式的有序上升不同

而是随风转向

　　　　　西南风在吹

如今源氏[2]在须磨[3]，西南风在吹

　　随风转向，随波逐流

　　众多的嗓音，提洛[4]，阿尔克墨涅

1　古希腊神话中司美丽、文雅、欢乐的三女神。

2　日本古典名著《源氏物语》的主人公。

3　日本城市名，靠近神户。

4　提洛（Marcus Tullius Tiro,?—约公元前4），古罗马政治家西塞罗的奴隶秘书，后成为自由人。西塞罗去世后，提洛出版了前主人的著作合集。

欧罗巴[1]和你们在一起,而非贞洁的帕西法厄[2]

东南风,东风,在航行中转向

我是月亮　　　库尼萨

风在航行中转向

从塔培亚[3]悬崖下吹出来

醉醺醺地喝着卡斯泰利葡萄酒[4]

"以神之名""精灵闪现"

出现 / 却未成形

"不适于年轻人",斯塔利亚人阿里说

如同西风下的青草

东风下的绿叶

时间不是,时间是邪恶,心之所爱

心之所爱,粉红手指[5]的时辰

衬着窗口的微光

远方的海浪构成地平线

逆光,贝壳的线条

轮廓"雕刻亚该亚

微光中一个梦掠过面庞

1　欧罗巴(Europa),古希腊神话中天神宙斯下界游览,见到牧牛女欧罗巴很动心,化身为一头牛陪在她身边,并伺机带她上天。因为欧罗巴是宙斯在欧洲大陆发现的,所以欧洲有了"Europa"这个名称。

2　帕西法厄(Pasiphae),古希腊神话中赫利俄斯之女,克里特国王米诺斯的妻子。

3　塔培亚(Tarpeia),古罗马处死罪犯和叛徒之地。

4　罗马市场上普通的葡萄酒品牌。

5　"粉红手指",古希腊诗歌中对黎明的比喻。

维纳斯，塞西利娅[1]"或是罗得岛[2]"

来吧，甜美的风

"美很难"，比亚兹莱先生说

凯特威尔[3]先生正在看他的一位新生

模仿比亚兹莱的作品，他抬起头

对 W. 劳伦斯说

你没把活儿干完

太可惜了"

W. 劳伦斯骑着自行车，撞上了

也是新生的爱德华，后来退位的那个

在 1910 年左右

美很难

在柏林-巴格达[4]项目时期

还有 T. 劳伦斯[5]给阿拉伯佩特拉石庙拍照时期

但他不愿谈这个话题

LL. G[6] 和青蛙大使[7]，劳伦斯

1　塞西利娅（Cytherea），即古希腊女神阿佛洛狄忒。

2　罗得岛（Rhodos），爱琴海上的一座岛屿。

3　凯特威尔是牛津大学的一位学生，这里说的是另一位牛津大学的学生 W. 劳伦斯曾骑自行车撞了未来的王储爱德华八世。

4　德国提议修建的一条铁路线，于 1904 年完工，成为德意志帝国的象征。

5　托马斯·劳伦斯（Thomas Lawrence, 1888—1935），英国军官，在阿拉伯起义中出名，人称"阿拉伯的劳伦斯"，上文提到的 W. 劳伦斯之兄。

6　劳合·乔治（Lloyd George, 1863—1945），参加第一次世界大战巴黎和会的英国首相。

7　指主持巴黎和会的法国总理克里孟梭（Georges Clemenceau, 1841—1929）。

想谈谈现代艺术

但只谈二流的，不谈一流的

美很难

他说我抗议过太多　　他想办一家出版社

印刷希腊经典　　航程

老老老掉牙的斯诺[1]

太荒唐，引用"他在我看来"

应对"震颤的空气"

美很难

而另一方面，马格达伦的院长

（听上去就像马格大混）说

《天堂的猎犬》字数太多

这是他读过的一首现、现代诗

毫无疑问，讲师们

在大大大学里混得不错

要是我没记错的话，那些新生们

并没理解燃烧和冰冻[2]

或者不过是想窃笑，诸如此类

毫无疑问

教他们像大猩猩一样咆哮

比起解读"他在我看来"更容易些

1　牛津大学教师。庞德曾在牛津大学办讲座，讨论意大利卡瓦尔坎蒂的诗，认为卡瓦尔坎蒂的诗可与希腊女诗人萨福的诗媲美；而斯诺则持反对意见，引证萨福的诗句"他在我看来"以对卡瓦尔坎蒂的"震颤的空气"。言外之意，斯诺认为萨福的诗更好。
2　出自萨福诗句。

低劣的大猩猩

当然，没有风袋[1]

    尽管西基[2]很值得去观战

        我们却还没计算总数　　大猩猩＋刺刀

另外有个好人叫布尔

        是另一场战争中阿伦的后代

他被英国人逗乐了

        但没活多久，还有啊

凯西下士告诉我说斯大林

        好人斯大林

        不懂得幽默（亲爱的熊！）

老里斯，欧内斯特[3]，爱美之人

    当他还是个煤矿工程师时

    在井下巷道，有个男人从他身旁飞速跑过

容光焕发，一脸狂喜

    "俺刚刚　　汤米·鲁夫"

    而鲁夫的块头是那家伙的两倍，里斯很困惑

缪斯是记忆的女儿

    克利俄，忒耳普西科瑞[4]

格兰维尔[5]是爱美之人

1　大猩猩的发声器官之一。

2　二十世纪二十年代一位轻量级拳击冠军。

3　欧内斯特·里斯（Ernest Rhys, 1859—1946），庞德早年在伦敦结识的英国编辑。

4　古希腊神话中九位缪斯中的两位，分别司掌历史和歌舞。

5　哈利·格兰维尔-巴克（Harley Granville-Barker, 1877—1946），英国演员、剧场经理、剧作家。

三位女神都等着

　　　　"得到命名"

　　千秋万代

　　　这片丛林需要一个祭坛

　　卢克雷齐娅[1]女士来了

　　在切塞纳[2]的城门背后

　　刻着，或曾经刻着，缩写字母

　　优雅的一刻钟（在马拉泰斯塔图书馆[3]）

　　　　托尔夸托，你在哪儿？

台伯河边卵石上响起哒哒马蹄声

以及"我最喜爱的骑士他死了"　　或是斯图尔达[4]

"鬼魂在我身边晃动"　　"打满历史的补丁"

　　　　但就像米德[5]所说，假若他们真的是，

他们在其间都做了什么，

　　　　哦，才转世轮回至此？

1　卢克雷齐娅·博尔吉亚（Lucrezia Bergia，1480—1519），教皇亚历山大六世的女儿，出于政治联姻嫁给了一位贵族。

2　意大利城市，1385—1465年为马拉泰斯塔家族所控制。

3　庞德曾想把自己的《诗章十六》的草稿存于此图书馆。下文托尔夸托是该图书馆馆长。

4　斯图尔达（Stuarda），指苏格兰斯图亚特女王玛丽。

5　乔治·米德（George Mead，1863—1931），《追求》杂志主编，该杂志以神秘、超自然和转世轮回为主题。庞德在《文化指南》一书里引用过米德的话，"我知道很多人前生是斯图亚特女王玛丽。想想这些人以前如此出色，我就忍不住问他们，在前世和现世之间都干了些什么，才转世轮回至此。"

另外还有福田[1]协会的猜测

美是困难的　　平原地面

　　　　　　　　　先于色彩

篷布下面的草，或是别的什么

　　　　无疑，具有竹子的形态

呈现的笔触有些相似

　　颧骨，通过言语表现

　　　　她的双眸，犹如《诞生》[2]所描画的

　　　　而孩子的面孔

在卡波夸得里壁画广场[3]的门廊上

　　　　背景中央

阳光下形体上岸

　　　　　　光芒四射

某些意象在脑海里成形

　　　　留在那里

　　　　　　　　预备之处

　　阿拉克涅[4]带给我好运

停留在那里，复活的意象

依旧在台伯区的新娘教堂

用来神话那些帝王

圆形的浮雕

1　福田社（Fortean Society），一个专门研究超自然现象的社团。

2　意大利文艺复兴时期画家波提切利的名画《维纳斯的诞生》。

3　位于意大利锡耶纳城内。

4　古希腊神话中阿拉克涅（Arachne）要和雅典娜比赛织布，被
　　雅典娜变为蜘蛛，织布不停，成为蜘蛛的代称。

造就亚该亚

至于在圆桶上和黑吉姆下跳棋的地方 [1]

　　如今已是丽思·卡尔顿酒店

傅凯先生的嗓音，或奎肯博斯先生留的

拿破仑三世山羊胡子，我还以为

他姓奎肯布什，

还有齐坦丹夫人的高傲表情

　　　　以及古老南方的遗风

　　　　被波浪冲到曼哈顿和褐石

　　　　或（后来）前面楼梯的外沿

那里通往穆库恩餐馆

　　或老特雷恩（弗朗西斯）[2] 坐在简易的木椅里

　　　　　　在人行道上

或一个家伙在市场上扔出一把刀

飞过成筐的桃子

　　　　　每蒲式耳 1 美元

42 街地下通道的阴凉　　（航程）

香粉和马车，列克星敦大道的电缆

优雅，传统的骄傲，雪花石膏

1　庞德这节回忆儿时在纽约的情景，他的亲戚曾拥有一座公寓，后来变成丽思·卡尔顿酒店，下文提到的傅凯、奎肯博斯、齐坦丹夫人等均为当年公寓租客。

2　弗朗西斯·特雷恩（Francis Train，1829—1904），美国商人和作家，曾竞选过总统，老年时常坐在纽约格林威治村人行道的椅子上。

比萨斜塔[1]

（雪花石膏，而非象牙）

欧罗巴的彩色照片

威尼斯木雕，威尼斯玻璃和茶具

还有消防桶，1806 年，巴尔，马萨诸塞州

   还有康涅狄格州的宪章橡木

   或从科隆大教堂开始

   托瓦尔森的狮子，以及保罗·乌切洛

   然后是阿尔汗布拉宫，狮子宫廷

   以及琳达拉娅女王的画廊

再往东到丹吉尔，悬崖，佩迪卡里斯别墅

莱斯·乌利，航程

乔伊斯先生也痴迷于直布罗陀

     还有赫拉克勒斯石柱

却没有我的天井，紫藤和网球场

或杰文斯夫人旅店里的臭虫

  或端给水手们的啤酒的品质

造访那不勒斯或罗马风格的帕维亚

  是值得的

与此类似，圣泽诺[2]的柱子上

  有建造者的签名

  圣彼得罗的壁画和奥托洛圣母像

---

1 以下是诗人回忆小时候和姨妈游历欧洲和北非带回来的纪念品，以及途中所见的建筑物等。

2 圣泽诺（San Zeno），意大利维罗纳的一座教堂。

"让空气清新颤动"

如图书馆[1]里的手稿所写

十二使徒餐厅

"茶在这里"，领班说道

1912 年，向年轻的侍者解释其中的奥秘

用另一家酒店的茶壶

而咖啡很晚才到阿西西[2]

       也就是说，人们很晚才喝到

当它消失于奥尔良，而法国近乎毁灭

这就是维也纳咖啡馆的事实

       而卡佛[3]先生推广花生种植

值得赞誉，

花生和大豆尚未挽救欧洲

       意大利佬不用枫糖浆

有效的商业操作

       美人的石像一座座雕成

真实性被寄生虫们所争议

       （雕像来自拉古萨[4]）   你经营什么

       艺术？

"最好的"   现代艺术吗？   "噢，一点儿都不现代

1　指维罗纳首都图书馆，藏有卡瓦尔坎蒂的手稿，上一行诗出自他的第七首十四行诗。下行"十二使徒餐厅"是庞德去图书馆研究卡瓦尔坎蒂手稿时的用餐之处。

2　阿西西（Assisi），意大利中部的一座城市。

3　乔治·卡佛（George Carver, 1864—1943），美国农业化学家，在美国南部推广花生种植。

4　意大利港口城市。

任何现代的都卖不掉"

但巴彻先生的父亲制作的圣母像，依然是按照传统

木雕的，就像你能在任何一座教堂里看到的

  而另一位巴彻雕刻凹雕

   如同伊索塔时代的萨卢斯蒂奥[1]

那些面具从何而来，在蒂罗尔

  冬季

  挨户搜寻赶走魔鬼

安静地在水晶抛撒中

  喷泉抛起明亮的球体

（魏尔伦）[2] 如钻石般清澈

  泰山脚下的风如此温柔

   大海被铭记之处

  逃离地狱，那个坑

  逃离尘埃和耀眼的邪恶

  西风　/　东风

这种液体显然是

  心灵的属性

不是象征　　而是心灵构造的

   一种元素

是动因和功能　　如同尘埃与喷泉池

  你可曾见过铁屑的玫瑰

1　伊索塔是西吉斯蒙多·马拉泰斯塔的妻子，萨卢斯蒂奥是他们的儿子。

2　保罗·魏尔伦（Paul Verlaine，1844—1896），法国著名诗人。

（或天鹅绒？）[1]

敦促如此轻柔，黑铁花瓣如此整齐

而我们已涉过忘川[2]

1　这里提到的喷泉、水晶、尘埃、铁屑、天鹅绒等，代表庞德内心所向往的生命之秘密，一种神奇的创造力让水晶成形，让铁屑在磁力作用下组成玫瑰图案，庞德在诗里所寻找的是同样的创造力。

2　忘川（Lethe），古希腊神话中的冥河，人饮河水后会忘记过去。

第一百一十七章（片段）¹

为了那蓝色的闪光和瞬间

　　　　受到祝福

献给老人的青春

　　　　那是悲剧

为了美丽的一天，有了和平

　　　布朗库西²的鸟

　　　　　在松树干的空洞里

或者，当雪如同海水的泡沫

　　　薄暮的天空点缀着榆树的枝杈

在塔培亚³悬崖下

　　　哭诉出你的嫉妒——

打造一座教堂

　　　或是祭坛，为扎格柔斯⁴

塞墨勒之子

1　庞德晚年为《诗章》的最后一章所写的片段，他说最后一章要以未完成的形式结束，要把"做男人，不要做毁灭之人"作为《诗章》最后的一行。标点符号按原文标注。

2　康斯坦丁·布朗库西（Constantin Brancusi, 1876—1957），罗马尼亚雕塑家。他只选择少许主题，以不同材质去创作，被公认为 20 世纪最具原创性的雕塑家。

3　塔培亚（Tarpeia），古罗马神话里家世显赫的少女，在与萨宾人的战争中背叛了罗马，以换取首饰奖赏。后被乱石砸死，尸体被扔下日后以她命名的塔培亚山岩。

4　扎格柔斯（Zagreus），古希腊神话中酒神狄俄尼索斯的别名，下行提到的塞墨勒是其母亲。

不带嫉妒

　　如一扇窗户的双拱

或一根雄伟的廊柱

我的爱，我的爱

　　　　我爱的是什么

　　　　　　你在哪里

与世界搏斗

我失去了中心

梦想碰撞

　　　　破碎——

我曾试图在人间

　　　　　　打造乐园

弗朗索瓦·伯纳德[1]的破产，巴黎

或者阿莱格尔[2]的云雀之野

　　"他自己倒下"[3]

向太阳高飞，然后坠下

　　"快乐地展翅"

在这里铺开法国之路

1　弗朗索瓦·伯纳德（François Bernouard），二十世纪初法国
出版人，1929 年破产。
2　法国南部城市，诗人旺塔杜尔在此生活。
3　旺塔杜尔的诗句，下行"快乐地展翅"亦然。

两只老鼠，一只飞蛾，是我的向导——
听到过金蝴蝶的喘息
　　　如同朝向一座跨越世界的桥梁
国王们在岛上相聚，
　　　没有食物，飞离极地之后
食乳草为生
　　　以进入秘境

做男人，不要做毁灭之人

附　录

作为诗材料的汉字 [1]

　　这篇文章，实际上是由已故的欧内斯特·费诺罗萨所完成的。我不过是去掉了一些重复的部分，重新结构了几个句子。我们这里所做的，并不是乏味的语言学讨论，而是关于所有美学基本原理的研究。费诺罗萨在探索未知艺术的过程中，遇上了西方尚未认知的动机与原则，他进入了许多思维模式，而这些模式在"新"西方绘画和诗歌中业已硕果累累。他是一位先行者，却不自知，也不为人所知。

　　他觉察到了写作原则，自己却尚未有足够的时间践习。他在日本重建了，或者说极大协助重建了，对本土艺术的尊重。在美国和欧洲，他绝对不该仅被看作有海外经历的探索者。他的脑子里总是充满了东西方艺术之间的相似和比较。对于他来说，异域经历是结出果实的方式。他渴望美国的文艺复兴。事实上，尽管这篇文章写于他1908年逝世前的一段时间，我却无须改动他对于西方状况的说法，这充分展示了他的眼光。随后的艺术运动已充分证明了他的理论。

艾兹拉·庞德

1　本文发表于庞德所著的《煽动》一书中。

二十世纪不仅翻开了世界史书新的一页，并且开始了全新的令人惊讶的一章。奇幻的未来远景在人类面前展开，拥抱世界文化，半断欧洲的奶水，承担起不同国家和民族的责任，这是以前从未梦想过的。

　　单说中国的问题，是如此巨大，任何国家都不能忽视。尤其是我们在美国，必须越过太平洋正视它，掌握它，否则它就会掌握我们。而掌握它的唯一途径，就要以耐心和同情，去理解其中最优秀、最有希望、最具人性的因素。

　　不幸的是，很久以来，英国和美国都忽略或误解了东方文化的深层问题。我们误以为中国人是一个物质的民族，是一个劣等羸弱的种族。我们藐视日本人，认定他们是模仿的民族。我们愚蠢地以为，中国历史在社会进化中一成不变，从未出现过重要的道德与精神危机时期。我们一直否认这些人民的基本人性，戏耍他们的理想，认为那不过是闹剧中的滑稽歌曲。

　　我们所面临的任务，不是去打烂他们的堡垒，去剥削他们的市场，而是要感同身受地去研究他们的人性，以及他们的慷慨愿望。他们的耕种方式一直很高级，他们记录下来的经验数倍于我们。中国人一向是理想主义者，是制定伟大规则的实验者。他们的历史开启了一个世界，目标高远，成就斐然，与古代地中海各民族并行。我们需要他们最好的理想，来补充我们自己——那些珍藏于他们艺术、文学和生命悲剧中的理想。

我们已经见证，东方绘画的生命力对于我们的实际价值，这是理解东方灵魂的钥匙。了解他们的文学，尤其是强度最高的诗，也许是一件值得的事情，即使方式并不完美。

好几位才华横溢的学者，例如戴维斯、理雅各、圣丹尼斯以及翟理思，他们在中国诗歌方面的博学广记，是我无法企及的，冒昧地追随他们，我也许应该表示歉意[1]。我不以专业的语言学家或汉学家的身份，而只是谦逊地发表意见。作为对东方文化之美倾心的学生，我一生中很多年与东方人密切相处，我无法不耳濡目染融入他们生命中的诗意。

我之所以斗胆开口，主要有些个人原因。有个令人遗憾的信念，在英国和美国广为流传，认为中国和日本的诗歌不过是用来娱乐的，微不足道，幼稚，在世界严肃文学层面不值一提。我听说一些著名的汉学家断言，除非是作为语言学研究，这类诗歌枝杈如同贫瘠的土地，根本不值得耕耘。

我个人的印象，与这类结论截然相反，一种宽容的热情，驱使我与西方人分享我新近发现的喜悦。我这种欢喜，要么是自我陶醉，要么显示出在公认的呈现汉语诗歌的方

1　道歉是不必要的，但费诺罗萨教授觉得应该道歉，因而我把他的话记录下来。——庞德原注（本文中注释除注明者外皆为庞德原注。）

式中缺乏美学与诗意的共情。我来解释我的喜悦之因。

用英语呈现任何一种外国诗歌的成败，在相当大的程度上，取决于面对所选取材料的诗歌匠人手艺。那些年事已高、毕其一生精力纠缠于汉字的学者，若是指望他们成为诗人，无疑是奢望。

即使是希腊语诗歌，如果译介者不得不满足偏狭的英语韵脚要求，也会令人不堪卒读。汉学家们应当记住，诗歌翻译的目的是诗，而不是词典里的文字释义。

也许，我的工作有一点可取之处：它首次呈现了研究中国文化的一个日本学派。迄今为止，欧洲人多少受到同期中国学者的左右。几个世纪前，中国丧失了她大部分的创造性自我，丧失了对于自身生命起因的洞见，但她的原创精神仍在继续生长，诠释，并保留了全部的原创清新，传入日本。今天日本的文化阶段，大致相当于中国的宋代。我有幸作为森槐南教授的私人弟子，研习了多年，而他在汉语诗歌研究方面，或许是目前在世的最伟大的权威。最近，他应聘到东京帝国大学执教。

我的主题是诗，而非语言，虽然诗的根在语言之中。中文的书写汉字，与我们的语言在形式上迥然不同，这就需要我们探询，这些构成诗歌的基本元素是如何汲取养分的。

在何种感觉中，以可见的象形文字形式写下来的，可以被认定为真正的诗？诗和音乐一样，是一种时间艺术，它是由连续的声音印象编织而成的一体，它似乎很难吸收一种主要由半图画的视觉吸引力构成的语言材料。

以格雷的诗句做个对比：

The curfew tolls the knell of parting day
晚钟敲响白日的丧钟

汉语诗句：

月 耀 如 晴 雪
Moon   Rays   Like   Pure   Snow

除非标注出后者的发音，这两行诗有何共同之处？仅仅得出这两行诗都各自具有某种散文意义，是不够的。问题在于，这行汉语诗在形式上，是如何暗示出将诗区别于散文的最核心材料？再看一遍，可以看出这些可视性的汉字，是按照一种必要的顺序排列的，与格雷诗句语音符号一样。所有诗的形式，都要按一种规则同时又灵活的顺序排列，和思想本身一样具有可塑性。汉字可视，亦可用眼睛默读，一个接着一个：

Moon Rays Like Pure Snow
月   耀   如   晴   雪

也许，我们不总是认为思想具有连续性，并非由某个事件引发，或是由于我们的主观行为，而是由于自然的行为具有连续性。从载体到客体的力量传递，是一种自然现象，需要时间。所以，在想象中再造这种传递，需要同样的时间顺序[1]。

假设我们从窗口望出去，观察一个男人。突然，他回过头来，全神贯注地盯住某样东西。我们自己也看过去，看见他的注意力集中在一匹马上。起初，我们看见的是这个男人，没有动作；其次，是在他动作时；第三，是导致他转向行动的物体。在语言里，我们把这个快速而连续的动作及相关画面，分解为三个关键部分，并按照适当的顺序排列，我们说：

Man sees horse
那人看见马

很明显，这三个节点，或者说三个词，不过是三个语音符号，代表着一个自然过程的三个形式。但我们也可以很轻松地把思想符号的三个阶段，用同样随意的三个符号来表示，可以并不具备声音基础。例如，用三个汉字：

人　見　馬

假若我们都知道，这些标识的每一部分，所代表的是这幅存于脑海中的马图的哪一部分，我们就可以轻而易举地彼此沟通，画出它们，或是说出它们。我们习惯地以同样的方式使用可见的手势语言。

但是汉字的标记，却远不止于随意的符号。它是基于

1　风格，也就是说清晰，与修辞相对立。

自然行为生动的速写图画。在代数数字中，在讲出的词语中，事物与标识并没有自然的联系——一切都依赖于约定俗成。但汉语的方法则遵循自然暗示。首先，有一个男人用两条腿站着。其次，他的眼睛在空间移动：一个大胆的人物，是由眼睛下面奔跑的双腿来表示，眼睛的变形图画，迈开的双腿的变形图画，让人过目不忘。第三个汉字，马用四条腿站立着。

这些标识，也即文字，不仅唤起了思想画面，而且极为生动具体。三个字都有腿，它们是活生生的。这一组汉字，与连续移动的画面具有同样的品质。绘画或照片的不真实之处在于，尽管具体，却失去了自然连续的要素。

对比一下拉奥孔的雕塑与勃朗宁的诗句：

我跳上马鞍，而乔里斯，他

......

我们肩并肩，飞奔进午夜。

语言之诗作为一门艺术，优势在于可以回到基本的现实时间。而汉语诗具有将这两种元素结合起来的独特优势。它一边娓娓道出画面，同时还具有声音的动感。在某种意义上，比每一单独的因素都更客观、更富戏剧性。阅读汉语时，我们似乎不是在脑力上耍把戏，而是在观察事物自身的命运。

让我们暂时放下句子的形式，更仔细地看一下拆出来的单个汉字的生动品质。这些汉字的早期形式是图画式的，它们依赖于想象，后来即使约定俗成更改后，依然如此。也许人们并不清楚，这些表意词根，绝大多数都自带动作语意。人们可能会认为，一幅画自然就是一件东西的图画，因此汉语的基本概念就是语法上所说的名词。

而核对后发现，大部分的原始汉字，甚至所谓的偏旁部首，都是对动作或过程的速写画面。

例如，"说"的象形表达，是一张嘴，代表两个字的符号，一团火从嘴里出来。意为"艰难地生长"的标识，根部是缠绕在一起的草。而这种具体的动词品质，同时存在于自然和汉字之中，当我们将其复合，而并非仅停留在简单初级的图画阶段，则更为惊艳，富有诗意。在复合过程中，两个事物相加并不产生第三个事物，而是提示二者之间的本质关系。例如，意为"同膳伙伴"的象形文字，是一个人与一团火。

一个真实的名词，一个孤立的事物，在自然界中并不存在。事物只是动作的中止节点，或交会节点，动作的横切面或快照。同样，一个纯粹的动词，抽象的运动，在自然界也不可能存在。眼睛看到的，是名词与动词的合二为一：运动中的事物，事物中的运动，因而汉字的理念要把二者都表现出来。

太阳在萌芽的植物下面 ＝ 春

太阳缠在树枝标识中间 ＝ 東

"稻田" ＋ "努力" ＝ 男

　　"舟" ＋ "水" ＝ 游（水波）

　　让我们回到句子的形式，看看它给组合出来的文字单位增添了怎样的力量。我怀疑有多少人自问过，为什么会存在句子的形式，为什么它在所有语言中都似乎是必需的？为什么都要有句子，正常的类型是怎样的？如果它是如此普遍，理应与某种自然法则相对应。

　　我以为，语法专家们对于这个问题所做出的反馈，是很差劲的。他们的定义分为两类：其一，一个句子表达一个"完整的思想"；其二，我们在句子中让主语与谓语结合。

　　前者的优势，在于尝试某种自然而客观的标准，因为很显然，思想本身无法证实自身的完整性。然而在自然界中，根本就没有完整。一方面，实际完整性可以用一个简单的短语来表达，例如"嗨！你好！"或是"嘘！"，或只是挥下拳头，并不需要非得说句话，才能把意思表达清楚。另一方面，没有哪个完整的句子，真的让思想完整。那个被观察到的男人看见马，并不会静止不动。他看见马之前，就打算去骑马。而当他试图抓住它时，马尥蹄子。真相在于，行动是连续进行，持续不断的；一个行动会引发或接入另一个。虽然我们可以把很多从句连入一个复合句子中，动作到处漏掉，就像裸露的电线漏电一样。自然界中的所有进程都是相互关联的，所以不可能有完整的句子（按照这个定义），除了一个需要花费所有时间来发音的句子。

而对于句子的第二种定义，"让主语和谓语结合"，语法学家们又一次回落到纯粹的主体性上。我们也都在这样做，不过是左右手之间来回倒腾的小把戏。主语是那个马上要说话的我，而谓语是我马上要说的内容。按照这样的定义，句子并不具备自然属性，而是作为会说话的动物的一个偶然事件。

要是果真如此，句子的真实性就无法证实。虚假与真实，将同样似是而非，讲话则无法令人信服。

当然，语法家们的这种观点，来自令人质疑、没什么用处的中世纪逻辑。按照这种逻辑，思维处理的是抽象的东西，是通过筛选过程从事物中提取出来的概念。这些逻辑学家们从未问过，他们从事物中抽取出来的"品质"是如何产生的。他们在棋盘上所玩弄的小把戏，依赖于具体事物中所隐含的力量、特性或品质具有自然顺序，但他们鄙视地认为"事物"不过是"特例"，或是小卒子。这就好比要求植物学从织在桌布上的叶子图案进行推理。有效的科学思维，在于尽可能紧密地追踪真实且相互纠缠的力量线条。当这些线条在事物中脉动时，思维所要做的，是在显微镜下观察事物的运动，而不是苍白的概念。

句子的形式，是自然界强加给原始人的，并非是我们制造出来的，它是因果关系中时间顺序的反映。所有的真相都要用句子来表达，因为所有的真相都是力量的转移。自然界中的句子是一道闪电，在云与地两个标界之间穿过。自然界的任一进程都不会比这少。光、热、重力、化学亲和力、人类的意志，都具有这一共性，它们再分配力量。它们的进程节点可以表现如下：

标界——转移——标界

从——……的——至……

哪个——力量——哪个

如果我们把这种力量的转移看作是有意识或无意识的行为，我们可以把上面的进程翻译为：

主体——动作——客体

其中，动作是所指事实的实体，而原动力和客体只起限制作用。

在我看来，正常典型的英语和汉语句子一样，所表达的都只是自然界进程的节点。它具有三个必要的词语：第一个指明原动力或主语，动作由此开始；第二个体现具体的动作；第三个指向客体，即受到影响的接收者。这样：

Farmer pounds rice.

农夫　　舂　米。

汉语的及物句子，和英语（忽略冠词）一样，与自然界行动的普遍形式完全一致。这就使得语言接近事物，由于强烈依赖于动词，它把所有的言语支棱起来，成为一种诗剧。

不同的句子顺序在拉丁语、德语或日语等词形变化的语言中经常出现。这是因为它们是屈折变化的，例如，它们有小的标记和词尾，以及标记来显示谁是主语，谁是客体等。在不受屈折变化语言中，如英语和汉语，只依靠字词的顺序来分辨不同的作用。如果不是按照自然顺序——即因果顺序——指向就不充分。

的确，语言中有不及物形式和被动形式，以动词"to be"构成的句子，还有否定句式。在语法学家和逻辑学家看来，这些句式比及物句式更加原始，或者至少是及物句式的例外。很久以来，我一直怀疑这类很明显的例外形式，源自于及物句式，或是由于修正或更改而产生的蜕变。这种观点可以用汉语例句加以确认，在汉语中仍可看到这种变形还在继续。

不及物动词是去掉一般化的、习惯的、自反的或同源的宾语而产生的。"他跑（赛跑）[He runs (a race)]"; "天空脸红了（自己）[The sky reddens (itself)]"; "我们呼吸（空气）[We breath (air)]"。如此，我们有了微弱而不完全的句子，让画面暂停，让我们认为一些动词处于指示状态，而不是动作本身。在语法范围之外，"状态"这个词很难被认为是科学的。当我们说"墙闪亮"，谁会怀疑我们的意思是墙主动把光线反射给我们的眼睛？

汉语动词的美，在于它们全都可以随意是及物或不及物的，不存在天生就是不及物的动词。被动形式显然是一个关联句子，它转而把宾语变为主语。宾语自身并不被动，而是把它自身的某种积极力量赋予了行动，这与科学规律和日常经验一致。英语带有"is"的被动语式，乍一看与这个假设不符，但我们怀疑其真正的形式，是一个普遍化了的及物动词，有点儿意指"接受"，但已退化为一个助动词。很开心在汉语中发现这类案例。

自然界没有否定，不可能转移否定的力量。语言中否定句子的出现，似乎证实了逻辑学家的观点，即断言是一种武断主观的行为。我们可以断言一个否定，而自然界不能。说到这里，科学又来协助我们反对逻辑学家：所有明显的消极或破坏性的运动，都会导致其他积极的力量，要花费很大的力气才能消除。因而我们有理由怀疑，如果我们回溯所有为数不多的否定词的历史，我们会发现它们都源于及物动词。现在已为时太晚，无法在雅利安语系中证实这种演变，线索已消失，但在汉语中，我们依然可以观察肯定的动词概念转入所谓的否定词。因此，汉语中意为"迷失在森林里"的标识（無），与不存在的状态相关。英语的"not"＝梵文的"na"，可能来自词根na，意为迷失，消逝。

最后，要提到的是万能的系动词"is"，它代替了色彩独特的动词，后接一个名词或形容词。我们不说一棵树"绿了它自己"，而说"树是绿的"；不说"猴子们生出小猴子"，而说"猴子是哺乳类动物"。这是弱化了的语言，它把所有的不及物动词都归化为一个词。"活""看""走""呼吸"，当它们都被去掉宾语而归化为一种状态时，这些弱动词便被缩减至最抽象的状态，一种名义上的干巴巴的存在。

实际上并不存在系动词这类的动词，原本就根本没有这种概念。英语中，"存在"（exist）这个词，意为"站出来"，通过明确的行动展示自己。"Is"来自雅利安语的词根"as"，即呼吸。"Be"来自词根"bhu"，意为生长。

在汉语中，主要用来表示"is"的动词，不仅意指主动地"有"，而且"有"这个字的演变表明，它表达出某些更为具体的内容，即"用手从月亮上抓取"。这里，最无聊的散文分析符号，魔幻为一首光彩夺目的具体诗歌。

若是我已成功地展示出汉语的形式是多么富有诗意，且接近自然，那我就没有白白地对这个句子做出如此冗长的分析。在翻译汉语时，尤其是汉语诗歌时，我们必须尽可能把握住原本的具体力量，尽量避免形容词、名词和不及物动词，选用强壮而独特的动词。

最后，我们注意到汉语和英语句式的相似性，让彼此之间的翻译极为容易。这两种语言的特长非常相似。通常可以省略掉英语的冠词，直接逐字翻译，这样的英文不仅读得懂，而且是最强烈、最富诗意的英文。然而，我们必须严格遵循原文所表达的，而非仅仅是抽象含义。

让我们从汉语句子回到具体的汉字。汉字是如何分类的呢？它们是否按其本性，分为名词、动词，或形容词？汉语是否也有代词、介词和连接词，就像那些优秀的基督教语言一样？

分析雅利安语，会让我们怀疑这种差异并非自然产生的，而是不幸地由那些语法学家们发明出来的，扰乱了简洁的诗意人生观。所有民族最有力最生动的文学作品，都是在语法发明之前写出来的。而且，所有雅利安语的语源学，都回溯到最简单的梵文相应的动词词根，正如我们在斯基特[1]词典的附表中所见的那样。自然界自身没有语法[2]。设想一下，我们随便找个人告诉他，他是个名词，一个死物，而不是一连串的功能！"部分言语"不过是它所做的。我们的断句经常不起作用，言语的一部分会代理另一部分。它们彼此互相作用，因为它们原本是相同的一体。

我们很少有人意识到，在我们自己的语言中，正是这些差异一旦从生动的语言表达中生长出来，直至今日仍有活力。只有当我们难以处置某些罕见措辞时，或是要翻译为某种很困难的语言时，我们会暂时获得思想内部的热力，这种热力将言语的各个部分熔化，可以随意再次铸造。

汉语最有意思的一个事实，是我们可以在其中看到，不仅是句子的形式，而且实际上言语的各个部分都在生长，一个部分萌生出另一个部分。如同自然界一样，汉语的字词是活生生的，可塑的，事物与行动在形式上并未分离。汉语自身并没有语法，只是到后来，欧洲人和日本人才开始折腾这生动的语言，强迫汉语符合他们的定义。

我们阅读汉语时，将我们自己的形式主义的弱点注入其中。在诗歌方面尤其可悲，因为在我们自己的诗中，

---

1 指沃尔特·威廉·斯基特（Walter William Skeat, 1835—1912），英国著名的语言学家。——译者注

2 即使是拉丁文，活生生的拉丁文也没有那些强加在不幸学童身上的规则。这些词有时是从希腊语法家那里借来的，就如同我看到英语语法是从拉丁语法借来的间接格一样。有时，它们源自学究们对语法或分类的热衷。生动的拉丁文只有格的感觉；离格、与格的情感。

也必须尽可能让字词保持灵活，盈满大自然的汁液。

让我们进一步举例。在英语中，我们称"to shine"（闪亮）为动词不定式，因为它不加条件地给出了动词的抽象含义。要是我们想找一个对应的形容词，我们会用"bright"（明亮的）。如果我们需要一个名词，我们说"luminosity"（亮度），这很抽象，是从形容词衍生出来的[1]。要得到一个说得过去的具体名词，我们得舍弃动词和形容词词根，偶然想到某个事物，被武断地与其行动之力截断，想到"太阳"，或是"月亮"。自然界中当然没有如此被截断的事物，所以名词化本身就是抽象行为。即使我们有一个共同的词汇，同时强调出动词"闪亮"，形容词"明亮的"，以及名词"太阳"，我们或许要称之为"不定式的不定式"。我们认为这样的词太过抽象，无法触及，从而不可用。

汉语有一个字，"明"。它的表意字是太阳的符号加上月亮的符号，可以作为动词、名词或形容词使用。因此你可以逐字写出，"杯子的日月"，来表现"杯子的明亮"。若是用为动词，你写出"杯，日和月"，实际上是"杯，日＋月"，或是弱些的想法，"像太阳"，即"闪亮"。"日＋月，杯"自然是一只明亮的杯子。实际意思不可能混淆，而某位愚蠢的学者，当他要把一个简单而直接的思想汉译英时，也许要花上一个星期来判定他究竟应该使用什么词性。

1　一个好作家会使用"shine"（发光），"shinning""the shine""sheen"，可能会联想到德语的"schöne"和"Schönheit"，但这并不能否定费诺罗萨教授的下一个论点。

实际上，几乎每一个汉字都是恰如其分的这样一个潜在的词，并不抽象。字与字之间并不排斥，而是相互综合；它既不是名词，也不是动词或形容词，而是同时是它们全体，并且一直是。使用时，其整体含义也许会有时倾向于一边，有时倾向于另一边，根据具体的观点，但无论在哪种情况下，诗人都可以自由处置，丰富而具体，如同自然界一样。

从动词衍生出名词，汉语不如雅利安语。作为欧洲各种语言的基础，几乎所有的梵文词根都是原始的动词，表达可见的自然界的动作特性。动词一定是自然界的原始事实，因为运动和变化，就是我们在大自然中所见的一切。在原始的及物句中，例如"农夫舂米"，主体和客体是名词，只是因为它们限制了一个动作节点。"农夫"和"米"，是实实在在的两端，定义了"舂"这个动作的界限。但若离开这个句子的功能属性，它们本身也是动词。农夫即耕地的人，而米是以一种特殊方式生长的植物。这在汉字中都有所体现。

名词是从动词中衍生出来的，上述例子或许可以加以佐证。在所有的语言中，包括汉语，名词原本指"做某事的人或物"，即实施动作者。依此，月亮（moon）这个词来自词根"ma"，意为"丈量者"。而太阳，意为生产。

形容词是从动词中衍生出来的，这几乎无需例证。即使是在当下，我们依然可以观察到分词转化为形容词。在日语里，形容词显然是动词的一种变形，一种特殊的情绪，所以每个动词也都是一个形容词。这让我们接近于自然界，因为各处的品质，都只不过是行动之力，被认为具有抽象属性。绿，不过是一种振动频率；硬，是接合的紧密度。在汉语中，形容词总保留有动作含义的基础。在翻译时，我们应该努力表现出来，而不是满足于一些苍白的抽象形容，再加上一个"is"。

更为有趣的，是汉语的"前置词"，经常被后置。前置词在欧洲语言中极为重要和关键，只因我们软弱地放弃了不及物动词的力量。我们必须额外加上一些虚词来补回初始之力。我们今天依然说，"我看见一匹马"（I see a horse）；但要是使用弱动词"look"，我们就必须加上方向性小词"at"，才能重建自然界的传递性 [1]。

前置词代表几种简单的方法，让不完整的动词变得完整。指向名词，将名词作为限制，给自身带来了力量。也就是说，它们天生就是动词，只不过使用的方式被普遍化了，或进行了压缩。在雅利安语中，一般很难找出前置词的动词词源。只有"off"这个词，我们看到"to throw off"（扔出去）这个想法的片段。在汉语里，前置词实际上是动词，特地用于普遍化的感觉当中。这些动词，经常利用的是它们特别具有动词的词感，在英语翻译中，如果总是用苍白的前置词来表达，就会被极大地弱化。

因此，在汉语里：By（由）=to cause（起因）；to（向）=to fall toward（倒向）；in（在）=to remain（保留），to

---

1　这是一个差劲的例子。我们可以说"I look a fool"，"look"是及物动词，这里的意思是"类似"。然而，主要论点是对的。我们倾向于放弃像"类似"这样的特定词，取而代之的是带有介词引导或附近的模糊动词。

dwell（居住）；from（从）=to follow（跟从）；诸如此类。

连接词也同样是衍生出来的，它们通常用于动词之间的连接，因此自身也必然是动作。所以在汉语里：because（因为）=to use（使用）；and=to be included under one(包括在某个下面)；另一个形式的and=to be parallel(并行)；or（或）=to partake（部分参与）；if（若）=to let one do（让某人做），to permit（允许）。其他的很多虚词也是如此，但在雅利安语中已无迹可寻。

在进化理论中，代词是个棘手的问题，因为代词被认为是无法分析的人格表达。在汉语中，它们甚至展示出比喻动词的令人惊叹的私密。若是被干巴巴地翻译，它们就会成为持续的弱源。例如，"I"（我）有五种形式。一个符号是"手里有矛"＝态度很坚决的我；五和一个口＝虚弱而且防御的吾，说话时不靠近人群；隐瞒＝一个自私自利的己；自己（茧的符号）和一个口＝自我为中心的咱，乐于对自己说话；咱，只用于自言自语的时候。

我相信这个关于词性的题外话是有价值的。首先，它证明了汉语的莫大益处，让我们想起遗忘已久的思维过程，从而为语言哲学掀开了新的一章。其二，为了理解汉语为诗歌提供的充满诗意的生鲜材料，这些讨论是需要的。诗与散文的不同之处，在于其措辞的具体色彩。诗不仅仅是要给哲学家们提供意义，它必须以富于魅力的直接印象吸引情感，闪电般穿越理智只能摸索前行的区域[1]。诗，

---

1 参考初显原理，《罗曼斯的精神》。

必须呈现出所言及的，而非只是所意味的。抽象的意味非常缺乏生动性，而圆满的想象则具有一切。汉语诗要求我们摒弃狭隘的语法范畴，在原文的基础上使用大量具体的动词。

而这只是开始。到目前为止，我们仅主要展示了汉字及汉语句子，作为生动的、自然进程动作的速写图画。这已体现了真正的诗。如此的行动是可见的。但是，汉语如若不能继续展示那些不可见的，那也不过是一种贫瘠的语言，而汉语诗也不过就是一门狭隘的艺术。最好的诗，不仅要处理自然意象，而且要处理高尚的思想、精神暗示以及模糊的关系。自然界的真理，绝大部分隐藏于过程当中，细微得难以目睹，或是隐藏于过于宏大的和谐之中、震荡之中、凝聚之中、适应之中。而汉语以其伟大的力与美，实现了这些。

你也许会问，汉语诗如何仅从图画书写中建立起伟大的知识结构？普通的西方思维，只相信思想与逻辑范畴有关，而蔑视直接想象的机能，汉语的这般技艺似乎绝无可能。然而，汉语凭借其独特的材料，从可见翻越到不可见，其方式是所有古代民族都采用的，即隐喻，使用物质意象来提示非物质关系。[1]

言语整个的微妙实质是建筑于隐喻的根基之上的。抽象的术语，在词源的驱使下，揭示出它们的古老根源仍然植根于直接的行动中。但是，原始的隐喻并非产生于随

---

1 对照亚里士多德的《诗学》。

意的主观过程。隐喻之所以可能，完全是因为它们遵循自然本身的客观关系。关系，比起它们与之相关联的事物，更为真实和重要。产生橡树枝杈棱角的力量，在橡树子中发挥着强大的作用。类似的阻力线，半抑制住外挤的活力，支配着河流以及民族的分支。因此，一根神经，一条电线，一条道路，一个金融票据交换所，都不过是不同的渠道，是由沟通自身所强制的。这并不是类比，而是构造本身。自然界给自己提供了线索。如果世界不是充满了同源性、同情心以及同一性，思想就会挨饿，而语言也会受制于名下的事物。可见事物的微小真理，与不可见事物的主要真理之间，便不会有桥梁。在英语巨大的词汇中，也不过几百个词根直接与物理过程相关。在梵文中，我们可以明确地辨别出这些词根。几乎无一例外，它们都是生动的动词。欧洲语言日益发展，是缓慢地跟随自然界的暗示和同一性，沿着错综复杂的迷宫成长起来的。隐喻叠于隐喻之上，仿佛地质构造那样。

隐喻，是自然的揭示者，是诗的核心本质。已知的解释了模糊的，宇宙依靠神话而存活。被观察到的世界之美之自由，提供了一种模式，而生命孕育艺术。某些哲学家和美学家以为，艺术和诗的目的在于处理一般性的和抽象的东西，这是错误的。这种错误概念，是中世纪的逻辑强加给我们的。艺术和诗涉及的是自然界具体事物，而非一排排单独的"特殊性"，因为根本就不存在这样一排排的东西。诗比散文精致，是因为它在同一文字范围内，给我们更具体的真理。而作为诗歌首要技巧的隐喻，既是自然界的本质，也是语言的本质。

只是诗自觉地做了原始民族不自觉地所做的事情。[1]
文人，尤其是诗人，他们的首要工作，在于沿着古代前进
的路线摸索回去。[2]他必须做这项工作，从而让他的词语
丰富，具备微妙的潜在含义。原始的隐喻是作为某种鲜艳
的背景，给予色彩和活力，迫使它们更接近于具体的自然
过程。莎士比亚到处打比方。由于这些原因，诗歌是最早
的世界艺术；诗歌、语言和对神话的关爱，是一起成长起
来的。

我提出这一切，以便清楚地表明为什么我认为汉语不
仅吸收了自然界的诗意本质，并用它建立起另一隐喻的世
界；而且，通过其非常清晰的图画可见性，保留了原本的
创造性诗歌，比任何语音语言更具活力、更生动。让我们
首先来看下，它在隐喻中是多么贴近自然的核心。我们可
以观察到，当它从动词过渡到名词，它是如何从可见的内
容过渡到不可见的内容。它保留下原始的汁液，并没有被
砍下风干，仿佛一根拐棍。我们被告知这些人是冰冷、实
用、机械、就事论事的，不具备一丁点儿想象能力。这真
是胡说八道。

我们祖先将隐喻的积累，建立在语言结构和思想系统

1　维德（Vide）还在1914年9月份的《双周评论》上发表了一
篇关于漩涡主义的文章，名叫《探索的语言》（"The language of
exploration"）。

2　我谦恭地认为，这也适用于解读古代文本。诗人处理他自己的时代，
必须认识到语言并未在他手上石化。他必须准备好沿着真实隐喻的路
线前进，也就是解释性隐喻或意象，它与不真实的隐喻或修饰性隐喻
截然相反。

中。当今的语言浅薄冰冷，因为我们对它们所做的思考越来越少。出于快速精确的目的，我们被迫将每个词汇的意义锉至最窄的边缘。大自然越来越不像天堂，越来越像工厂。我们满足于接受对瞬间的粗俗误用。衰亡的晚期在词典中被捕捉并保存。只有学者和诗人痛苦不堪地沿着词源学往回摸索，尽其可能地利用已被遗忘的碎片拼凑出我们的词汇。现代语言的这种贫血症，正是由于我们音标的微弱凝聚力所助长的。一个语音单词很少或根本没有表现出其生长的胚胎阶段。它并未将隐喻写在脸上。我们忘记了人格曾经的含义，不是灵魂，而是灵魂的面具。这是人们在使用汉语时，不可能忘记的事情。

汉语在这一点上，显示出它的优势。它的词源持续可见，保持着创造的冲动与过程，看得见，并起着作用。数千年后，隐喻的进展线路依然可见，在许多情况下实际上还保留了意义。从而，一个词并未像我们一样越来越贫乏，反而一代代越来越丰富，几乎有意识地在发光。它被用于哲学和历史中，在传记和诗中，在其周围投射出意义的灵光。它们以图形符号为中心，记忆能够抓住并使用它们。中国生活的土壤似乎缠满了言语的根须。关于个人经历的年献中，充满了诸多例证，倾向的线条汇聚于悲剧高潮，道德品质是其原则的核心——所有这一切都会在脑海中闪现，作为强化的价值观，其意义的积累是语音语言难以企及的。在一位老兵眼里，他们的表意文字就像沾了血的战旗。于我们而言，诗人是唯一能真实主动地感受民族词汇所积累的丰厚宝藏的人。诗意的语音总是充满层叠的泛音和亲和力。而在汉语中，隐喻的可见性往往会把这种特性提高到最强烈的程度。

我已提到过中世纪逻辑的专制。按照这种欧洲人的逻辑，思想是一种砖窑。思想被烤制成小而硬的单元，或是概念，然后按照尺寸被一排排地码放起来，并被贴上文字标签以备后用。这种用法就是挑出几块砖，每块砖上都有一个方便的标签，把这些砖粘在一起，砌成一堵墙，被称为句子。使用白灰浆砌的，就用肯定系动词"是"（is）；使用黑灰浆砌的，就用否定系动词"不是"（is not）。以这种方式，我们制造出如此令人钦佩的句式："一只环尾狒狒不是一个制宪会议。"（A ring-tailed baboon is not a constitutional assembly.）

让我们来设想一排樱桃树。我们轮流从每一棵树上取下一朵"抽象"，即一个短语，某种共同品质，我们可以将其统称为樱桃，或樱桃色。接着，我们在第二个表格中放入几个具有这类特征的概念：樱桃、玫瑰、落日、铁锈、火烈鸟。从这些特征中，我们又抽象出一些共同的淡化或平庸的品质，将其标记为"红"或"红色"。显然，这种抽象过程可以一直进行下去，各种材料都可以。我们可以永无休止地建造越来越细小的概念金字塔，直至我们达到"存在"（being）的顶点。

但我们已对特征过程做了足够多的阐释。在金字塔的底部，事物躺在那里，好像被镇住了。除非它们在金字塔的各层之间上下穿行，否则它们永远不可能了解自己。而在金字塔攀上爬下的方式，可以用下面的例子加以说明：

我们采取一个衰减较低的概念，例如"樱桃"。我们看到它包含在一个更高的概念之下，例如"红色"。然后我们可以用句子的形式说："樱桃包含于红色下面"，或者更简单地说："樱桃是红的。"而另一方面，如果我们在给定的谓语下找不到可选择的主语，我们就会用黑灰浆，说"樱桃不是液体"。

由此，我们可以继续进行三段论式的讨论，但我们就此打住。有经验的逻辑学家发现，把一长串名词和形容词储存在脑子里是很方便的，因为它们顺理成章地成为类别的名称。大多数关于语言的教科书，都以这类清单开头。很少研究动词，在这种体系中，只有一个动词在真正起作用，即系动词"is"（是）。所有其他动词都可以转换为分词和动名词。例如，"跑"（run）变成"跑步"（running）的一个格。我们的逻辑学家不去直接思考"这个男人跑"，而是造了两个主观等式，即：提到的个人包含在"男人"类别下，而"男人"包含在"跑着的事物"类别下。这种方法造成的损失和弱点显而易见。即使在它自己的领域，它实际所想的，连它所要想的一半都达不到。如果任何两个概念不是恰巧位于同一金字塔内，一个在另一个之下，是没可能将这两个概念合在一起的。在这个体系中，不可能表现出变化，或任何形式的生长。也许，这就是进化论的概念在欧洲姗姗来迟的原因。

除非它准备摧毁根深蒂固的分类逻辑，否则它无法前进。

更为糟糕的是，这种逻辑不能处理任何类型的互动，或任何多重的功能。按照这种逻辑，我的肌肉功能与我的神经功能是分离的，就像月球上的地震一样。对于它来说，金字塔底部那些被忽视的可怜的东西，不过是众多的细枝末节。

而科学会一直斗争，直到她大获全胜。她全部的工作都开始于金字塔底部，而非从顶部开始。她发现了功能在事物中是如何衔接的。她用组合式的句子表达她的结果，这些句子里并不包含名词或形容词，而只是具有特殊性质的动词。真正的思维公式是：樱桃树就是它所做的一切。相关的动词构成了它。实际上，这些动词都是及物的。这类动词的数量，几乎是无限的。

在措辞和语法形式上，科学与逻辑是完全对立的。创造了语言的原始人与科学一致，而不赞同逻辑。逻辑随意虐待了语言。诗与科学一致，不符合逻辑。

当我们使用系动词的那一刻，当我们表达主观涵括的那一刻，诗就烟消云散了。我们把事物的相互作用表达得越具体、越生动，诗就越好。在诗中，我们需要数以千计的动词，每一个都尽显其原动力和生命力。我们不可能仅仅通过总结，通过句子的堆砌，来展示大自然的丰富多彩。诗意的思想通过暗示起作用，最大限度地把意义挤进单一短语，孕育它，充满它，让它从内部发光。

汉语中的每一个字，都在其体内蓄有这种能量。

如果我们要正式研究汉语诗，我们应该警惕逻辑化的陷阱。我们应该警惕现代商业词典赋予这些字词的狭隘功利含义，而尽量保留其中的隐喻含义。我们应该提防英语语法，提防它晦涩难懂的词性，提防它对名词和形容词的惰性满足。我们应该寻找，并至少在脑海中记住每一个名词的动词内涵。我们应该避免使用"is"，引入大量被忽略的英语动词。绝大部分现有的翻译都违背了这些规则[1]。

正常及物语句的发展都基于这样一个事实：自然界的一个动作会促发另一个动作。因此，动作者和客体均为隐秘的动词。例如我们所说的，"Reading promotes writing"（阅读提升写作），在汉语里完全是由三个动词来表达的。这种形式，相当于三个扩展从句，可以分为形容词、分词、不定式、关联或条件从句。随便举个例子，"如果一个人阅读，这会教导他如何写作。"（If one reads, it teaches him how to write.）但在浓缩的汉语形式中，中国人会这么写："阅读提升写作"。动词的支配地位，以及它压倒所有其他词性的力量，给我们提供了简洁优美的文体典范。

我很少看到我们的修辞学家们细想这样一个事实：我们语言的强大之处，在于它大量的及物动词，这些动词既有来自盎格鲁-撒克逊语的，也有来自拉丁语的。它们给予了我们最具特色的力量。它们的力量在于认识到自然是一个巨大的力量宝库。在英语里，我们不说事物似乎如何，或如何出现，如何结果，甚至不说它们是怎样的，而是说它们在做什么。意志是我们说话的基础[2]。我们当场抓住

1　这些预防措施应该是广义的。重要的不是它们的字母，而是客观化和活动的潜在感觉。

2　比较一下但丁对"正直"（rectitudo）的定义，即意志的方向，这个定义可能来自阿奎那。

了造物主。我必须要自己整明白，为什么莎士比亚的英语，比所有其他人的英语都好很多。我发现，这是因为他对数百个及物动词持续、自然和出色地使用。你很难在他的句子中找到"is"。"is"弱弱地适合我们的节奏，存在于非重读音节中，但莎士比亚严厉地丢弃了它。研究莎士比亚的动词，是所有风格训练的基础。

我们在汉语诗中，发现了极为丰富的及物动词，在某种程度上甚至比莎士比亚文中的还多。这源于他们将多个图像元素组合在一个字符中的能力。在英语中，我们没有动词来表示两个事物，例如太阳和月亮，一起做什么。前缀和后缀只用来导向和限制。在汉语中，动词可以更精确地加以限制。就一个想法，我们可以找到上百个变体。因此，"以娱乐为目的行舟"和"以商业为目的行舟"，用的是完全不同的动词。数十个汉语动词表达出不同程度的悲伤，但在英语翻译中，它们通常只被简化为一个平庸的词。其中有许多只能通过迂回措辞来表达，但译者有什么权力忽视其中的弦外之音呢？细微的差别确实存在。我们应当在英语方面竭尽全力。

的确，许多汉语表意文字的图案线索现在已无法追溯，甚至汉语词典编纂者也承认，组合往往只提供了语音价值。但我觉得不可思议的是，这种想法的任何细分，都可能作为抽象的声音而单独存在，不带具体特征。这与进化法则相抵触。复杂的想法，只会随着将它们结合在一起的力量的增加而逐渐产生。汉语语音贫乏，无法将它们紧密联系在一起，也不可能像商业电报码那样，一下子就把所有的密码都编制出来。因此，我们必须相信，语音理论在很大程度上是不健全的。这个比喻曾经存在于许多现在无法追溯的案例中。我们自己的许多词源都已丢失了。把汉朝的无知当作无所不知，是毫无益处的。[1] 理雅各说，最初的图画文字在建立抽象思维方面永远走不了多远，他这话不对，是致命的错误。我们已经看到，我们自己的语言，就是由几百个生动的语音动词，通过比喻派生而来的。在汉语中，可以通过隐喻的组合来构建更庞大的结构。即使是弱化了的想法，也比我们通过音源所能达到的效果更加生动和持久。这种画面化的方法，无论汉语能否将其成就为范例，都是理想的世界语言。

汉语诗通过其生动而丰富的形象，来接近自然的过程，这难道还不足够吗？如果我们想在英语中遵循这一原则，我们就必须使用一些充满激情的词汇，这些词汇的重要含义应该像自然界中那样相互作用。句子必须像缀有羽毛旗帜上的流苏，纠缠在一起，或是像草地上众多花朵的

---

1 偶然的证据，很好地证实了费诺罗萨教授的观点。漩涡派雕塑家戈迪埃-布尔泽斯卡在奔赴战场前，有一次曾坐在我的房间里，他几乎能轻松地读懂汉语的偏旁符号，以及许多复合符号。当然，他习惯于用平面和边界来考虑所有的生命和大自然。不管怎么说，他在博物馆里，只花了两个星期研究汉字。他对字典编纂者的愚蠢感到惊讶，他们虽然那么有学问，却不能辨别在他眼里十分显而易见的图画价值。奇怪的是，几周后，有着完全不同传统的埃德蒙·杜拉克坐在这里，即兴盛赞了汉语的艺术元素，关于从汉字中取材的构成。他没有采用费诺罗萨教授的描述，提到"竹子"，而不是"稻米"。他说竹子的精髓在于它的生长方式，中国人在竹子的符号中表现了这一特点，所有竹子的设计都源于此。然后，他继续贬低漩涡主义，理由是它不可能指望在其盛行时，完成中国需要几百年才能完成的事情。

颜色混合而成的光泽。

诗人所见所想，越多越好。他要用隐喻，这是摆脱死气沉沉的黑灰浆的唯一之路。他把黑灰浆的冷漠，融化为五彩斑斓的动词。他笔下的人物用各种光喷向事物，仿佛泉水突然喷起。创造语言的史前诗人，发现了大自然的整个和谐框架，他们在赞美诗中歌颂了大自然的过程。他们创造的诗传播开来，莎士比亚将其浓缩为更有形的物质。因此，在所有诗中，一个词就像一颗太阳，有它的日冕和色球；词挤靠着词，闪闪发亮，彼此包裹，直到句子变成清晰连续的光带。

现在，我们有条件欣赏汉语诗歌某些诗行的全部光辉。诗胜过散文，尤其在诗人选择将那些字词并置的时候，其弦外之音融合为一种微妙而清晰的和谐。所有的艺术，都遵循同样的规律；高雅的和谐在于泛音的微妙平衡。在音乐中，和声的全部可能性与理论都是以泛音为基础的。从这个意义上来说，诗似乎是一种更难的艺术。

我们应如何确定相邻词语的隐喻蕴涵？我们可以用混合隐喻，来避免明目张胆的破坏。我们可以找到最强烈的和谐，就像罗密欧对死去的朱丽叶所说的话。

在这里，汉语的表意文字也有它的优势，即便是一个简单的句子，例如："日升东方。"

泛音在眼睛里颤动。丰富的文字构成使词汇的选择成为可能，其中一个主要的泛音为每一层面的意思着色。这也许是汉语诗最显著的特点。我们来查看下面这行：

日　　昇　　東

Sun　　Rises　（in the）　East

　　太阳，闪闪发亮，一边是东方的标志，是太阳纠缠
在树枝上。在中间的符号中，动词"rise"（升），我们有
了进一步的同源性；太阳在地平线之上，但在地平线之外，
那根笔直向上的直线，就如同树的符号里生长着的树干。
这只是开端，但它指明了一条通向智慧阅读的道路。

欧内斯特·费诺罗萨

回顾 [1]

关于诗歌的新时尚，人们聊了很多，也许可以允许我在此做一个简短的总结和回顾。

在 1912 年的春天或初夏，H.D.、理查德·奥尔丁顿和我，在以下三个原则上达成了一致：

1. 直接处理"事物"，不管是主观的还是客观的。

2. 绝对不使用对呈现没有帮助的词语。

3. 关于节奏：按乐句的序列而非按节拍器的序列来创作。

在品味和喜好方面，我们有诸多不同，但在这三点上意见一致，我们认为我们对一个团体的名称拥有同样的权力，至少作为法国"流派"的一员拥有同样的权力，弗林特先生是在《哈罗德·门罗》杂志 1911 年 8 月号上宣布这一名称的。

后来有许多人，"加入"或"追随"这一流派，不管他们有何优点，均未表示出对第二条规范的任何认同。事实上，自由体诗已经变得冗长松弛，就像之前那些疲弱的诗体一样。自由体诗自己出了问题。实际的语言和遣词造

---

1 《回顾》（"A Retropect"）一文，集合了最初发表于《诗刊》（*Poetry*，1913）和《曼舞与分别》中的文章。参见 Ezra Pound, "A Retrospect," *Literary Essays of Ezra Pound*, ed. T. S. Eliot (New York: New Directions, 1935), pp. 3–14.

句往往和长辈们一样糟糕，而且还没有他们那样的借口，说某些字词是为了填补韵律，或完善韵音。那些追随者的诗句是否具有乐感，留待读者去评判。我间或在"自由体诗"中能找到有标记的韵律，和冒牌的斯温伯恩的诗一样陈旧乏味，也有时作者似乎根本没有遵循任何音乐节奏。但总体来说，这片土地有人耕耘，是件好事。兴许有一些好诗就是以这种方法写出来的，果真如此，它就是合理的。

批评不是限制或一套禁令。它提供固定的出发点。它可以让一个愚钝的读者警觉起来。那一点点的好东西，往往存在于零言碎语之中；或者，若是老艺术家帮助年轻人，在很大程度上都是经验之谈，从经历中获得的戒律。

我发表第一篇关于意象主义的评论时，整理了几个实用的短语。第一次使用"意象主义者"（Imagiste）这个词是在1912年秋天，在我给T. E. 休姆[1]的五首诗所做的注里，收在我的诗集《回击》结尾处。以下，重印我在《诗刊》1913年3月号发表的戒律。

几个不

瞬间呈现一个思想和情感综合体的便是一个"意象"（Image）。我使用"综合体"（complex）这个词，技术层面与哈特这样的新派心理学家相仿，尽管我们在应用中并不完全一致。

正是这样一个"综合体"的瞬间呈现给予那种骤然解

1　托马斯·欧内斯特·休姆（Thomas Ernest Hume, 1883—1917），英国诗人、文学理论家、哲学家，英美现代主义诗歌形成期的关键人物。

放的感觉，那种摆脱时间和空间限制的感觉；那种骤然生长的感觉，我们在最伟大的艺术品中体验得到。

一生中呈现一个意象，胜过产出大部头作品。

当然有人会认为，所有这些可能都还有待商榷。对于那些刚开始写诗的人来说，当务之急是列出一份"不的清单"。我无法把它们全部都写入摩西戒律里。

首先，不要把三个命题（要求直接处理、字词简洁、乐句序列）认为是教条——不要把它们中的任何一条看作教条——而把它们看作深思熟虑的结果，即使是他人的思虑，或许也值得我们借鉴。

不要理会那些自己从未写出过杰出作品之人的批评。想想希腊诗人和剧作家的实际写作，与希腊罗马的语法学家为解释其韵律而编造的理论之间的差异。

语言

不要用多余的词，不要用无法揭示某样事物的形容词。

不要使用"朦胧的和平之地"这样的表达。它让意象变得暗淡。它把抽象和具体的混为一体。它缘于作者没有意识到，自然界的物体永远是足够的象征。

行事要畏惧抽象。不要用平庸的律文去复述好散文中已经做到的。不要试图把你的作文切成一行行的，从而逃避难以言喻的优秀散文艺术的困难，以为这样就可以蒙骗智者。

专家们今天所厌倦的，公众明天就会厌倦。

不要以为诗的艺术比音乐的艺术简单，也不要以为你能取悦行家，除非你在诗艺上所下的功夫，至少和普通钢琴教师一样深。

尽可能多地受伟大艺术家的影响，但你要有风度，要么坦白承认，要么设法掩盖。

不要以为"影响"只意味着，你把自己碰巧遇上的一两位所仰慕诗人的修饰语抹去就完事了。最近，一位土耳其战地记者被当场抓住，他在快报中喋喋不休地唠叨"鸽灰色的"山丘，还是"珍珠般苍白"什么的，我记不清了。

要么不用修饰，要么用好的修饰。

节奏与押韵

让习诗者用他所能发现的最美的节奏来填满他的脑子，最好是用外语[1]。这样的话，他的注意力就不会因为字里行间的意思而转移，例如撒克逊咒语、赫布里底民歌、但丁的诗作、莎士比亚的抒情诗——只要他能够把词汇和节奏区分开来。让他把歌德的抒情诗分解成音值的组成部分，长音节和短音节，重读和非重读音节，元音和辅音。

诗不一定要依赖于它的音乐性，但如果依赖，那么音乐一定要让行家感到愉悦。

让初学者知道谐音和头韵，押韵和缓韵，单音和复调，

1　这是针对韵律而言，他的词汇当然还得来自他的母语。——庞德原注

就像音乐家希望知道和声和对位，以及技艺的所有细节一样。在这些事情上，或其中任何一件上，花费再多的时间都不为过，即使艺术家很少会用到它们。

不要以为一件事用诗来表达，只是因为它太枯燥，不适合用散文来表达。

不要"花里胡哨"——把这些留给那些小巧玲珑的哲理文章写作者吧。不要描绘，记住，在描画风景方面，画家比你高明得多，他比你更懂其中的奥妙。

当莎士比亚写道"黎明披着赤褐色斗篷"时，他呈现出画家无法呈现的东西。这行诗里没有任何可以称之为描绘的东西；他呈现。

考虑一下科学家的方式，而不是代理商为新香皂做广告的方式。

科学家在有所发现之前，是没可能指望被称为伟大的科学家的。他始于学习已经被发现的，作为起点。他并不指望自己是个有魅力的人，也不会指望朋友们会为他的大学一年级的作业鼓掌。但不幸的是，学诗的新生并不受限于清晰可辨的教室，而是"拥挤在商店里"。"公众对诗歌漠不关心"，这有什么奇怪的吗？

不要把你的东西切成一块块的。不要让每一行在末尾停止，然后在下一行再猛地开始。让下一行的开头跟上节奏，除非你想要一个明确的拉长的停顿。

简而言之，当你处理你的艺术语相（指连接动词与后续动词的关系）时，像一名音乐家，一名优秀的音乐家处理他的音乐那样去做。同样的规则在起作用，而你不受任何其他的约束。

自然地，你的节奏结构不应该破坏词语的形态，以及它们自然的声音，或它们的意思。刚开始的时候，你不太可能让节奏结构强大到足以对它们产生很大的影响，尽管你可能会因为诗行的结尾或诗行中间的停顿，成为各种假动作的牺牲品。

音乐家可以依赖于音高和管弦乐队的音量，而你不可以。"和谐"一词在诗中被误用了，它指的是同时发出的不同音调的声音。在最好的诗里，的确有一种余音缭绕在听者的耳朵里，作用近乎于风琴的低音。

韵脚如要给人带来喜悦，就必须有些许惊喜的成分。它不必稀奇古怪，但须使用得当。

维德在《诗艺》（*Technique Poétique*）中，进一步借鉴了维尔德拉克（Vildrac）和杜阿梅尔（Duhamel）的注解。

在你的诗中，冲击想象力丰富的读者眼睛的那些部分，在翻译为外语时不会损失什么；而吸引耳朵的那部分，只能被阅读原文的读者耳朵听见。

考虑下但丁表述的确定性，与弥尔顿的修辞作对比。尽量多读华兹华斯的作品，以免显得过于沉闷。

你若想了解这事的要点，去读萨福、卡图卢斯、维庸、情绪好时的海涅、不太冷漠时的戈蒂埃；或者，要是你没有形成风格，就去读悠闲自在的乔叟。好散文不会对你造成伤害，而且在尝试写作时会养成良好的纪律。

翻译也是一种很好的训练，也许你在重写时发现原来的内容"摇摆不定"，而要翻译之诗的意思是不能"摇摆不定"的。

如果你使用对称形式，不要把你想说的东西放进去，然后用垃圾填满剩余的空间。

不要试图用另一种概念来定义一种概念，从而混淆了对另一种概念的理解。这通常是因为你太懒了，找不到确切的单词。这项规定也许有例外。

前三种简单的方法，将排除掉百分之九十的烂诗，而现在这些诗还被认作是标准和经典的；还能阻止你去生产更多的垃圾。

"……首先，你必须成为一个诗人"，杜阿梅尔先生和维尔德拉克先生在他们那本小册子《诗艺笔记》（*Notes sur la Technique Poétique*）结尾这样写道。

1913 年，福特·马多克斯·福特指出，华兹华斯一心使用普通或简单的词，从未想过去寻找"正确的词"。

约翰·巴特勒·叶芝[1]曾经谈及，甚至是粗暴地谈及华兹华斯和维多利亚时代，他在写给儿子的信里写出了他的批评，现已出版可以读到。

我不喜欢写关于艺术的文章，至少我以为我关于这个话题的第一篇文章，是对艺术的反抗。

1　约翰·巴特勒·叶芝（John Buttler Yeats，1839—1922），英国画家，威廉·叶芝的父亲，他的另一个儿子杰克·巴特勒·叶芝（Jack Buttler Yeats，1871—1957）也是一名优秀的画家。

导言[1]

曾几何时，诗人躺在绿油油的田野里，头枕着树，吹口哨消遣。恺撒的先辈们征服了大地，克拉苏黄金时代的先辈们在贪污，时尚说了算，无人搭理诗人。我丝毫不怀疑，诗人对自己所处的环境相当满意。偶尔会有路人被好奇心吸引，想知道为什么会有人躲在树下吹口哨消遣，就跑过来和他聊天。在路人当中，有时会出现一位有魅力的人，或者一位从未读过《人与超人》的年轻女士。回顾这段天真的历史，我们称之为黄金时代。

梅塔斯塔西奥（Metastasio），以及其他任何确信这个时代会持续下去的人——即使现代诗人被期望对廉价杂志的编辑们大声吆喝自己的诗——S. S. 麦克卢尔，或诸如此类的人——尽管一大群作家无聊地聚会，为"版权法案"干杯；尽管如此，黄金时代还是存在的。也许感觉不到，但确实存在。你在苏荷餐厅遇见了头发蓬乱的阿米克莱，一起吟诵已被遗忘的东西——吟诵那些死掉几乎被遗忘的事物，是诗人们说话的一种方式——似乎并没有什么特别有害之处；只是一贯的做法——在邮局工作，总比照看一群臭烘烘的羊强得多——当天再换个时辰，把餐厅换为客厅，茶或许比酒和马奶更可口，小蛋糕或许比蜂蜜更可口。在这样的时尚中，经历了巴尔福先生由于美国海关的不公平待遇而辞职，人们无动于衷——

1　刊登于《诗歌与戏剧》（后更名为《诗歌评论》，哈罗德·门罗编辑），1912 年 2 月。——庞德原注

这是多么愚蠢的事啊，期刊杂志这样写道。在这期间，显然没有任何人有能力或兴趣，拦住另一个人，让他解释他自己。

我开始讲和弦，接着就烦躁起来。我宁可躺在卡图卢斯的客厅里，畅想下面的蓝天，还有萨洛和里瓦的山丘，那些被遗忘的神自由自在地在其中走动，而不愿讨论任何艺术的过程和理论。我宁愿打网球。我不想争辩。

信条

节奏——我相信诗中有一种"绝对的节奏"，即与所要表达的情感，或是心情，完全对应的节奏。一个人的节奏必然可以被诠释，因此，它最终只能成为他自己的，不是赝品，也无法被仿造。

象征——我相信恰当而完美的象征，是自然界的客体，如果一个人使用"象征"，他必须这样来使用——让它们的象征功能不至突兀。因此，对于那些不理解象征意义的人来说，例如不理解"一只鹰是一只鹰"的人，这一节诗的感觉和品质并没有丢失。

技巧——我相信技巧是对一个人真诚度的检验；相信法律，当有据可查时；相信对所有惯例的践踏，惯例会阻碍或混淆法律的执行，以及对于冲动的精确呈现。

形式——我认为存在"液体"的内容，也存在"固体"的内容，有些诗具有树的形式，有些诗如水灌入花瓶。最为对称的形式都有一定用途。大量的主题不能以对称的方式精确地呈现，因而不采用对称形式。

"这一想法值得在整个艺术中加以应用。"[1]我认为艺术家应该掌握所有已知的韵律学的形式和系统，我一直坚持这样做，还特别研究过那些系统产生或成熟的时期。有人不无道理地抱怨说，我把自己的笔记本扔到了公众面前。我认为只有经过长期的努力，诗才能达到这样的发展程度，或者说现代性。对于那些在散文方面习惯了亨利·詹姆斯和阿纳托尔（Anatole France），在音乐上习惯了德彪西的人来说，这是至关重要的。我一直认为，普罗旺斯至少用了两个世纪，托斯卡纳用了一个世纪，才准备好但丁杰作的材料；而文艺复兴时期的拉丁语学者，"七星诗社"，以及莎士比亚那个时代色彩绚丽的语言，为莎翁准备好了他的工具。最为重要的是伟大的作品被写出来，至于是谁写的，一点儿无所谓。一个人的证明实验，可以节省很多人的时间——这就是我为什么对阿尔诺·达尼埃尔（Arnaut Daniel）感到愤怒——如果一个人的实验试出了一个新方法，或是最终免除了一种目前被接受的无稽之谈，那么他和同事们谈论他的结果，并没什么不合适。

没有谁写过多少"重要"的诗。也就是说，没有谁能生产出多少最终的东西。而且，当一个人不是在做最高级别的事情时，这句话一劳永逸地完美阐释了这件事。当他不比赛时，"嘘——凯特皇后说"，他最好做一些对他以后的工作或对他的后继者有用的实验。

1　引自但丁的《俗语论》。——庞德原注

"人生苦短，技艺漫长。"一个人在过于狭窄的基础上开始工作是愚蠢的；一个人的工作，若是没有自始至终表现出稳定的发展和日臻完善，是可悲的。

至于"适应"，我们发现，所有古代的绘画大师都建议学生们从临摹名作开始，然后再进行自己的创作。

至于"每个人都是自己的诗人"，每个人对诗了解得越多越好。我相信每一个写诗的人都想这么做，也必须这么做。我相信每个懂音乐的人，都能用风琴演奏《上帝保佑我们的家》，但我不相信每一个人都能举办音乐会，发表自己的作品。

对任何艺术的掌握，都需要一生的努力。我不应该区分对待"业余的"和"专业的"。或者更确切地说，我应该更倾向于业余的，但我的确应该区别对待业余爱好者和行家。可以肯定的是，目前的混乱将会持续下去，直到诗歌艺术被业余爱好者所接受；直到人们普遍认识到，诗是一门艺术，而不是消遣。它是对于技术的认知，关于形式和内容的技术。业余爱好者们就会停下来，不再试图把大师们的声音压过。

如果在公元前450年，或公元1290年，在亚特兰蒂斯或阿卡迪亚已经说过一遍的话，我们现代人就没必要再说一遍了，或是用更少的技巧和更弱的说服力，来模糊对逝者的记忆。

我在古代和半古的作品里翻来读去，一直在努力弄清楚，有哪些是已经做过的事，再也做不出比那更好的了；也在努力弄清楚，还有什么事等着我们去做。的确有很多事在等着，因为，如果我们仍有让千帆起航的情感，可以肯定的是，通过不同的细微差别，不同的智力层次，我们对这些感觉的感受是不同的。每一个时代都有其丰富的天赋，但只有某些时代，能将其转化为传世之宝。从来没有哪首好诗是二十来岁时写的，在这个岁数写作，可以认定作者的思想来自于书本、谈话或陈词滥调，而非来自生活。然而，当一个人感受到生活和艺术的分离时，他自然会试图复活一种已被遗忘的模式，要是他能在那种模式里找到某种调和剂；或者，他认为在其中看到了当代艺术所缺乏的某些元素，而这些元素可能会使艺术重新与它的支柱——生活——结合起来。

在达尼埃尔和卡瓦尔坎蒂的艺术中，我看到了我在维多利亚时代所没见过的那种精确，那种对外界自然或情感的明确刻画。他们的证词是目击者提供的，他们的征兆是一手的。

我认为，在回顾十九世纪时，我们应该把它看作一个相当模糊混乱的时期，一个多愁善感、矫情的时期。我这么说并没有自以为是，也没有自满。

至于是否有一场"运动"，即我所身体力行的——认为诗是"纯粹艺术"的理念，在我使用这个词的意义上，在斯温伯恩那里复活了。从清教徒的反抗到斯温伯恩，诗仅仅是一种工具——是的，确实是阿瑟·西蒙斯对这个词毫无保留的顾虑和感受——是用来传递思想的牛车马驿，不管这些思想是否具有诗意。也许"伟大的维多利亚时代"和"九十年代"延续了艺术的发展，虽然这种说法可疑，但他们的进步主要局限于声音和风格的改进。

叶芝先生彻底剥下了英语诗中那些令人讨厌的华丽辞藻。他把所有不具诗意的东西都去掉了——数量相当不少。他自己的一生成为了经典，使诗意的成语变得柔韧，语句不必倒装。

罗伯特·布里奇斯（Robert Bridges）、莫里斯·休利特和弗雷德里克·曼宁（Frederic Manning），都以各自不同的方式，认真地研究改革语言的度量标准，测试语言及其对某些模式的适应性。福特·马多克斯正在进行某种现代性的实验。奥里尔学院的院长则继续翻译《神曲》。

至于二十世纪的诗，以及我预期在未来十年左右看到的诗，我认为会反对废话，更加坚硬，更加理性，会像休利特先生所说的那样，"更靠近骨头"。它将像花岗岩一样，力量将体现在真实性和解释力中（当然，诗意的力量总是停留在那里）。我的意思是，它不会试图通过油嘴滑舌的聒噪，和乱七八糟的华丽辞藻来故作强势。我们将会有更少的粉饰形容词，来阻碍它的冲击和笔触。至少对我自己来说，我希望它是严肃的，直接的，不受情感的左右。

现在是 1917 年，情况如何，有什么需要补充的吗？

关于自由体诗

我认为对自由体诗的渴望，源于积年累月的饥饿之后，数量的恢复。但我怀疑，我们的英语是否能够承受希腊语和拉丁语那么多的规则，那些规则主要是由拉丁语的语法学家们制定的。

我认为只有一个人"必须"写自由体诗的时候，也就是说，只有当这个"事物"建立起一种节奏，比固定的韵律更加优美，或更加真实，对"事物"更具感情色彩，关系更亲密贴切，比常规的重音韵文更贴切、更亲和、更有解释力，而且这种节奏不符合抑扬格的要求的时候，才写自由体诗。

关于这件事，艾略特说得很好："对要把活干好的人来说，没有什么诗是自由的。"

从细节上来说，有些自由体诗带有鼓点般的重音（以我的《舞蹈的身影》为例）。而另一方面，我认为我在另一方面走了很远（也许太远了）。我的意思是说，我不认为有谁可以使用比我所采用的格律更细腻而获益。我认为进步在于尝试接近经典的量化标准（不是复制它们），而并非对这些事情漫不经心。

我同意约翰·叶芝关于美与确定性的关系的观点。比起虚假的情感，我更喜欢出于情感的讽刺。

我不得不写作，或者至少我写过很多关于艺术、雕塑、绘画和诗的文章。我目睹了在我看来是当代最好的作品遭受过谩骂和阻碍。一个人如果只针对一年发言，而几乎每个人在三四年后都会说出同样的话，可能写出具有永恒或持久性质的文章吗？我做过雕塑家、画家、小说家，以及诗人。我还在 1911 或 1912 年的《新时代》杂志上，评论过一些法国作家。

我更希望人们去看布尔泽斯卡的雕塑以及刘易斯的

绘画，去阅读乔伊斯、朱尔·罗曼（Jules Romains）以及艾略特的作品，而不是阅读我写的对这些人的评论。我也不希望被要求再版我的那些争辩性的文章和评论。

评论家能为读者、观众或旁观者所做的，就是专注。无论正确与否，我认为我的评论和文章已经发挥了作用，现在更多的人可能会去阅读原作，而不是阅读这本书。

雅姆（Francis Jammes）收在《胜利女神》（*La Triomphe de la Vie*）中的《存在》（"Existences"），现在可以读到，还有他早期的诗。我认为我们需要方便的选集，而不是描述性的批评。卡尔·桑德堡[1]从芝加哥写信给我："日子糟透了，诗人们买不起彼此的诗集。"那些关心诗的人，有一半要借阅。在美国，很少有人互相认识，所以一大半的困难在于发行。也许我们应该做一本诗集：罗曼的《行走中的存在》和《祈祷》，维尔德拉克的《访客》。还有回顾往昔的那些作品，拉福格的精工细作，兰波的闪光，特里斯坦·科比埃尔的强硬台词，塔亚德（Laurent Tailhade）为《阿里斯托芬的诗歌》所画的速描，以及德·古尔蒙（Remy de Gourmont）的《连祷曲》。

任何时候，都很难写美术主题，除非在文章里插入大量的复制品。但我还是要抓住这个机会，或任何一个机会，重申我对温德姆·刘易斯（Wyndham Lewis）的信任，他在绘画和写作上都极有天赋。我还想特别推荐一本散文，

1　卡尔·桑德堡（Carl Sandburg，1878—1967），美国著名诗人、传记作者和新闻记者，1940年因作品《亚伯拉罕：战争的年代》获普利策历史著作奖，1951年因《诗歌全集》获普利策诗歌奖。

弗雷德里克·曼宁的《场景与肖像》；以及詹姆斯·乔伊斯的短篇小说集，他的小说《都柏林人》，还有他最近很有名的《一个青年艺术家的画像》；刘易斯的《塔尔》。就好像把陌生的读者当作朋友，他们走进我的房间，一心想翻阅我的书架，我会做这样的推荐。

只有情感长存

"只有情感长存"。对我来说，肯定更愿意列出那几首仍在我脑海回荡的优美之诗，而不是在公寓里翻找过期的期刊，并整理我对作家们所做的友好的或敌意的评论。

帕德里克·科拉姆（Padraic Colum）《牛仔》（Drover）的开头十二行；他的"噢，优美如天鹅的女人，为了你，我不会死去"；乔伊斯的"我听到一支军队"；叶芝的诗行，在我的脑海中回荡，也在与我同时代的那些热爱诗歌的年轻人脑海中回荡：《布拉西尔和渔夫》（Braseal and the Fisherman）中的"当她激动时，她周围的火焰也在激动"；《学者》（The Scholars）后面的那几行，麦琪的面孔；威廉·卡洛斯·威廉斯的《终曲》（Postlude）；奥尔丁顿版本的《阿蒂斯》（Atthis）；H.D. 的"松尖般的浪涛"，以及她在《意象派》（Des Imagistes）中的文章；福特的"你的唇如此红艳"，翻译自冯·德·福格尔魏德的作品，他的《三个十》（Three Ten），他的《在天堂》（On Heaven）的总体效果，他对诗中散文价值或散文品质的感悟，他写出几乎能唱的诗，但被一位音乐家所添加的内容搞砸了；

艾丽斯·科尔宾（Alice Corbin）的一首诗，《只有一个城市》(*One City Only*)，还有另一行结尾，"而水滑过石头"。这些内容几乎在我脑子里已渐渐淡去，我却没有忘掉它们，还有奥尔丁顿的《六行诗》(*In Via Sestina*)，以及他在《意象派》中的其他诗作，虽然人们给我指出过它们的缺陷。也许它们的内容太深入我心，以至于无法再回看那些词语。

当我开始为艾略特的诗辩护时，我几乎变成了另一个人。

艾兹拉·庞德

庞德生平

艾兹拉·庞德（Ezra Pound，1885—1972），美国著名诗人、评论家，意象派运动主要发起人，英美现代派诗歌的奠基人之一，对一些著名诗人如艾略特、叶芝等都有重要影响。他首先使用"意象主义"一词。代表作为《诗章》，主要作品还有《面具》《回击》《桃花石》《净化礼》《休·塞尔温·莫伯利》等。

1885 年 10 月 30 日出生于美国爱达荷州的黑利。

16 岁时进入宾夕法尼亚大学学习。

1903 年转入汉密尔顿学院。

1905 年返回宾夕法尼亚大学攻读罗曼斯语言文学。

1906 年去普罗旺斯、意大利、西班牙旅行，回国后在印第安纳州的沃巴什学院任教。
数月后他被认为行为不检点而遭辞退，于是离美赴欧，定居伦敦。在伦敦结识了一批作家和诗人，他把自己和这些友人称为意象派诗人。

1909 年在伦敦出版《面具》及《欢腾》两本诗集。

1910 年出版他在伦敦的演讲辑成的集子《罗曼斯的精神》。

1914 年编成《意象派诗选》第一辑。不久他又热衷于漩涡派的活动而脱离了意象派。

1914 年后，庞德帮助詹姆斯·乔伊斯发表《一个青年艺术家的画像》和《尤利西斯》。

1914 年 9 月庞德会见艾略特，认为艾略特的诗达到了现代诗的标准。在他的推荐之下，艾略特的《普鲁弗洛克的情歌》得以发表。

1915 年出版汉诗英译集，书名为《桃花石》(*Cathay*)。

1916 至 1917 年翻译了日本能剧。

1917 年发表诗歌《向塞克塔斯·普罗佩提乌斯致敬》，影射 1917 年的英国。

1920 年发表了重要作品《休·塞尔温·莫伯利》，庞德自称这是一首向伦敦告别的诗，莫伯利即诗人自己。

1920 年庞德离开伦敦去巴黎，与海明威相遇。

1921 年庞德在巴黎写过歌剧，还写过关于雕塑的书。

1921 年庞德帮助艾略特修改《荒原》。

1924 年去意大利。

1928 年在拉帕洛定居，直至第二次世界大战。
第二次世界大战期间他公开支持法西斯主义，在罗马电台
每周为墨索里尼的法西斯政权宣传，攻击罗斯福领导的美
国的政策。

1943 年被控叛国罪。

1944 年被美军俘虏，监禁在比萨俘虏营中。

1945 年被押往华盛顿受审，后因医生证明他精神失常，
再加上海明威和弗罗斯特等名人的奔走说情，最终被关入
圣伊丽莎白医院。

1948 年《比萨诗章》出版,同年获首届博林根奖(Bollingen
Prize)。

1958 年，由于弗罗斯特等诗人及同情者的呼吁，取消了
对他的叛国罪控告，庞德结束了 13 年的精神病院监禁。

1958 年获释后，回到意大利后定居威尼斯。

1972 年在威尼斯去世。

图书在版编目（CIP）数据

涉过忘川：庞德诗选 /（美）艾兹拉·庞德著；西
蒙，水琴译 . — 北京：北京联合出版公司，2023.3（2023.5 重印）
ISBN 978-7-5596-6568-3

Ⅰ . ①涉… Ⅱ . ①艾… ②西… ③水… Ⅲ . ①诗集—
美国—现代 Ⅳ . ① I712.25

中国版本图书馆 CIP 数据核字（2023）第 011519 号

涉过忘川：庞德诗选

作　　者：[美]艾兹拉·庞德
译　　者：西蒙　水琴
策划机构：雅众文化
策 划 人：方雨辰
出 品 人：赵红仕
特约编辑：傅小龙
责任编辑：龚　将
装帧设计：方　为

北京联合出版公司出版
（北京市西城区德外大街 83 号楼 9 层　　　100088）
北京联合天畅文化传播公司发行
山东临沂新华印刷物流集团有限责任公司印刷　新华书店经销
字数 100 千字　860 毫米 × 1092 毫米　1/32　13.5 印张
2023 年 3 月第 1 版　2023 年 5 月第 2 次印刷
ISBN 978-7-5596-6568-3
定价：78.00 元